KB126298

DEAR CATS

Vol. 01

나는 고양이다.
이름은 아직 없다.

吾輩は 猫である。名前は まだ無い。

어디서 태어났는지 도무지 짐작도 가지 않는다.

どこで生れたか とんと見がつかぬ。

- 나쓰메 소세키 〈나는 고양이로소이다〉(1905~1906) 첫 문장
- 夏目漱石 〈吾輩は猫である〉(1905~1906)

contents

Dear Cats / Vol. 01

친애하는 고양이 씨를 위한
무크지 〈Dear Cats〉 입니다.

애묘인 인구가 늘고 있습니다.

해마다 가파르게 애묘인 인구가 늘고 있습니다. 반면 길 위에서 오늘 하루를 힘겹게 견디고 있는 길고양이는 천덕꾸러기 신세입니다. 더욱 안타까운 현실은 길고양이가 인간의 이기심과 냉대 때문에 고통받고 점점 인간과 멀어진다는 점입니다.

집고양이든 길고양이든 인간과 아름답고 행복하게 공존할 수는 없을까요? 우리는 고양이를 키우면서 고양이에 대해 너무 모르는 것은 아닐까요? 호기심에 입양했다가 힘들고 귀찮다는 이유로 너무 쉽게 고양이를 내다 버리는 건 아닐까요? 고양이가 있는 인상적인 장소, 고양이와 함께 즐겁게 사는 사람들의 이야기가 궁금하지 않으세요?

고양이 '덕후'의 일상을 편집했습니다.

〈Dear Cats〉는 고양이만 생각하는 고양이 '덕후'의 생생한 이야기를 담았습니다. 신문 배달을 하며 매일 50여 마리 고양이를 돌보는 김하연(찰카기) 작가, 국내·외 고양이 문화를 취재하면서 고양이 전문 출판사 '야옹·책방'을 운영하는 고경원 작가, 한적한 시골 마을에서 길고양이들과 교감하며 사진을 찍고 시처럼 아름다운 글을 쓰는 이용한 작가, 고양이를 전문으로 치료하며 고양이 행동을 연구하는 동물병원 노진희 선생님, 일본에 가면 늘 고양이의 흔적을 찾아다니는 박용준 작가, 주말마다 오토바이를 타고 골목의 고양이와 놀아주고 먹이를 주며 사진을 찍는 이정훈(종이우산) 작가, 육아와 육묘로 바쁘지만 행복한 나날을 보내는 강인규 작가 등의 이야기를 사진과 글로 엮었습니다.

〈Dear Cats〉는 고양이와 함께 살아가는 법을 고민하고 대안을 찾고자 합니다.
어떻게 하면 고양이와 우리가 함께 행복하게 살 수 있을까요?
다양한 생각과 방법이 있을 것이고 편집부는 새로운 길을 찾아 나서려 합니다.
부디 독자 여러분이 그 길에 동행해주시길 기원합니다.
감사합니다.

권두 에세이

나란히. 나란히. 나란히.
친애하는 고양이 씨에게.

나는 십 년 전부터 스튜디오로 찾아오는 고양이에게 사료와 물을 주었다.
길고양이들은 때 묻은 얼굴로 찾아와 스튜디오 처마 아래에서 쉬어갔다.
이름을 지어주거나 배변 문제로 야단을 치는 일은 없었다.
나와 고양이들은 평범한 이웃처럼 만나면 인사하고 안부를 묻는 덤덤한 사이다.

고양이는 새끼가 성묘가 되면 자신의 영역을 물려준다.
처음 사료를 주었던 고양이도 새끼가 크자 조용히 다른 동네로 갔다.
들고 나는 고양이가 달라지는 건 어느 정도 시간이 흐른 후에야 알 수 있다.

한동안 얼굴을 보이지 않던 고양이가 왼쪽 귀가 약간 잘린 채 나타났다.
중성화 수술을 받은 고양이는 자신의 영역을 잊지 않고 찾아왔다.
삶에서 예측할 수 없는 변수는 항상 나타난다. 마치 고양이처럼.

밤에만 나타나는 고양이도 있었다. 그이는 너무 밝은 빛은 좋아하지 않았다.
야위고 상처 입은 몸을 드러내려면 적당한 어둠이 있어야 한다.
개와 늑대의 시간이 저물면, 이윽고 고양이의 시간이 시작된다.

고양이
外傳

내가 만난 길고양이들.
순둥이 傳.

순둥이라는 고양이가 있다. 과거 한마을에 살던 전원 할머니가 마당 고양이로 키우던 고양이다. 할머니가 보살피던 고양이가 열댓 마리가 있었지만, 할머니는 순둥이를 특별히 예뻐하셨다. 순둥이 또한 할머니 앞에서는 언제나 순한 양처럼 몸을 맡겼고, 고양이가 할 수 있는 모든 애교를 보여주곤 했다. 내가 녀석을 처음 만난 건 2010년 봄(2009년 태어남). 우연히 할머니 댁 근처를 지나다가 고양이 소리가 들려 울타리 안을 들여다보니 십여 마리의 고양이가 둥그렇게 모여 앉아 밥을 먹고 있었다. 그 옆에는 할머니가 쪼그려 앉아 밥 먹는 고양이들을 흐뭇하게 바라보고 계셨다.

내가 이곳의 고양이들과 인연을 맺게 된 것은 이 장면을 보고 할머니 댁에 일주일에 한 포대씩 사료 후원을 하면서부터이다. 본디 순한 성격인 순둥이는 일면식도 없는 내가 처음 사료 후원을 가던 날부터 살갑게 나를 맞이했다. 열 마리가 넘는 전원 고양이 중 유일하게 내 손길을 허락한 고양이도 순둥이였다. 녀석을 만난 지 일 년이 지난 어느 날이었다. 할머니가 한숨을 쉬며 한탄을 했다. "아이구, 순둥이하구 고래가 아롱이한테 쫓겨났나봐. 순둥이가 배가 불룩한 게 새끼 낳을 때가 됐는데, 먼저 새끼를 낳은 아롱이가 지들 새끼들만 키우려고 쫓아낸 거 같아. 사흘 전 순둥이가 찾아왔길래 사료를 먹여 보내긴 했는데, 하이구 바싹 말라서. 밥 먹고 가는 걸 따라가 봤더니 저기 산 밑에 우사로 가더라구. 새끼도 거기 낳은 거 같고. 그래 거기다 사료를 놓고만 왔지."

어쩐지 순둥이가 한동안 보이지 않더라니. 녀석을 다시 만난 건 거의 달포가 넘어서였다. 사료 한 포대를 들고 할머니 댁으로 들어서는데, 대문 앞에서 녀석이 냐앙냐앙 울고 있었다. 녀석은 나와 눈이 마주치자마자 반갑다며 한참이나 발라당을 했다. 때마침 현관문을 열고 나온 할머니는 순둥이를 쓰다듬으며 눈물까지 글썽였다. "아이구, 우리 순둥이 왔네. 일루와 어여 밥 먹자!" 배가 고팠는지 순둥이는 순식간에 사료 한 그릇을 다 먹어 치웠다. 할머니에 따르면 그동안 몇 차례 우사에 사료배달을 했는데, 우사 주인이 어떻게 알고는 사료가 보일 때마다 치워버리더라는 것이다. 순둥이는 밥을 다 먹고도 할머니를 바라보며 냐앙냐앙 울어댔다. 할머니가 다시금 들어가 한 움큼이나 되는 멸치를 내와 순둥이에게 먹였다. 이번에도 넙죽넙죽 잘도 받아먹더니 또 냐앙냐앙 우는 거였다. 할머니는 울고 있는 순둥이를 한참이나 쓰다듬다 들어갔다. 나도 할머니에게 인사를 드리고 대문을 나섰다. 그런데 순둥이 녀석 이번에는 내 앞을 가로막고 냐앙냐앙 울어대는 거였다. 바지춤에 얼굴을 부비고, 고개를 들어 내 얼굴을 빤히 쳐다보기도 하면서. 처음엔 그게 만져달라는 건 줄로만 알고 목덜미를 쓰다듬었더니, 저만치 걸어가 발라당을 하며 또 다시 냐앙냐앙거렸다. 어쩐지 무언가 말하고 있는 것만 같았다.

내가 다가가면 벌떡 일어나 또 몇 미터쯤 걸어가 냐앙거리기를 네댓 차례. 그제야 나는 어렴풋이 녀석의 의도를 알 것만 같았다. 녀석은 나를 부르고 있었던 거고, 어디론가 나를 데려가려는 거였다. "무슨 일이 있는 거구나! 그래 가자!" 내가 걸음을 재촉하자 녀석은 본격적으로 속도를 내 걸었다. 얼마나 따라갔을까? 백여 미터는 족히 넘게 따라간 뒤에야 녀석은 걸음을 멈추었다. 뒤따르던 나도 덩달아 걸음을 멈췄다. 풀이 우거진 과수원 고랑이었는데, 할머니가 말한 우사 바로 앞이었다. 순둥이가 바라보는 쪽으로 시선을 돌리자 놀랍게도 그곳에는 조막만한 아깽이들이 옹기종기 앉아 있었다.

녀석들은 우사 앞 배수구 구멍 속을 드나들며 숨바꼭질 장난을 치기도 하고, 고추밭
오이밭 고랑을 잰걸음으로 내달리기도 했다. 모두 다섯 마리였다. 순둥이는 바로 저 녀
석들을 보여주려고 나를 이곳으로 데려왔다. 녀석은 내게 "우리 아이들 밥 좀 주고 가세
요!"라고 SOS를 보낸 것이다. 내가 비상으로 가져온 샘플 사료 봉지를 주머니에서 꺼내
느라 바스락거리자 우사 앞에서 제멋대로 놀던 아깽이들이 일제히 놀란 토끼 눈을 하고
나를 쳐다보더니 혼비백산 배수구 속으로 숨어버렸다. 다행히 내 옆에는 순둥이가 있었
으므로 녀석들은 얼마 가지 않아 배수구 밖으로 하나둘 걸어 나왔다. 저 많은 녀석이 배
불리 먹으려면 샘플 사료 한 봉지로는 어림도 없었다. 나는 우선 허기나 면하라고 사료
봉지를 뜯어 버려진 나무판 위에 부어놓고 서둘러 차로 되돌아왔다.

그러고는 차에 있는 사료를 비닐봉지 가득 담아 우사로 향했다. 이미 부어놓은 사료
는 흔적도 없었고, 한 번 더 나는 적당한 양을 그곳에 부어놓고, 나머지는 풀이 우거져
사람의 시야로는 잘 보이지 않는 곳에 따로 사료를 내려놓았다(우사 주인이 찾아내지 못하도
록). 우사에는 이제 아깽이들이 둥그렇게 모여 앉아 사료를 먹는 소리가 앙냥냥냥 냐옹
냠냠 울려 퍼졌고, 순둥이는 안심이 된 듯 느긋하게 그루밍을 했으며, 나는 눈으로 보고
귀로만 들어도 배가 불렀다. 그날 이후, 나는 이틀에 한 번씩 우사로 사료 배달을 나갔다.
그러나 아깽이들이 하루가 다르게 뱃구레가 커지면서 한 봉지 사료가 금세 동이 났다.
그러던 어느 날 전원할머니 댁에 사료 배달을 갔다가 뜻밖의 풍경을 만났다. 순둥이네
아이들이 할머니댁 뒤란에 와 있었던 것이다. "글쎄 어젯밤 순둥이가 지 새끼들을 데려
왔어. 아롱이 때문에 앞마당에는 못 가구, 저기 보일러 아래다 새끼들을 데려다 놨더라
고." 그렇게 순둥이는 할머니댁으로 돌아왔다. 공교롭게도 녀석은 장마가 시작되어 집
중호우가 퍼붓기 하루 전에 아이들을 이곳으로 피신시켜 놓았다.

돌아온 순둥이와 아깽이들을 위해 할머니는 살진 멸치도 한 그릇 내오고, 따로 불러
내 계란 프라이도 먹였다. 혹시 비가 들이칠까 뒤란에는 순둥이 가족을 위해 비가림용
비닐막도 둘러쳤다. 그날 이후 순둥이와 아이들은 꿋꿋하게 전원주택에서 버티기에 들
어갔고, 결국엔 아롱이네 아이들과도 스스럼없이 어울리는 사이가 되었다. 순둥이는 이
때의 출산과 육묘가 처음이자 마지막이 되었다. 할머니가 돌보던 고양이들에 대한 TNR
을 진행하면서 순둥이도 중성화 수술을 받게 된 것이다. 사실 할머니가 고양이를 돌보
는 일은 절대 순탄치 않았다. 이웃들이 지속적으로 찾아와 '고양이 밥 주지 말라'며
항의와 협박을 거듭했다. 결국 할머니는 마당의 고양이 식구들을 데리고 동네에서 멀리
떨어진 산중 외딴집으로 이사하고 말았다. 당연히 순둥이도 할머니를 따라 낯선 산중에
살게 되었다.

가장 최근에 녀석을 만난 건 약 한 달 전이다. 녀석은 이사 후 드문드문 찾아오는 나를
예전처럼 살갑게 맞이하진 않았지만, 잊지 않고 한 번씩 발라당을 하곤 했다. 7년 전 우
사로 데려가던 그 날처럼 절실할 필요가 없었으므로 녀석의 발라당은 건성건성 형식적
이었다. 그래도 난 그런 순둥이가 좋다. 한 달에 한 번 찾아가도 잊지 않고 인사를 건네는
녀석의 다정함이 좋다. 이 험한 세상에 아직도 아름답게 살아 있어서 좋다. 그래, 우리가
길 위에서 만난 것도 이렇게 7년이 되었구나. 그래, 오래오래 나도 너를 잊지 않기 위해
여기에 이렇게 엄벙덤벙 너의 이야기를 적어둔다. *end*

세계의
길 고양이

묘한 여행,
시간이 멈춘 고양이 마을.

고양이에게 가장 혹독한 나라 대한민국을 떠나 세계 어느 나라를 가든 우리와는 전혀 다른 풍경을 기대해도 좋다. 이를테면 사람과 고양이가 행복하게 어울린 풍경. 고양이가 고양이로서의 삶을 고양이답게 누릴 수 있는 곳. 모로코에서 내가 만나고자 한 것이 바로 그런 일상적인 풍경이었다. 의심 한 점 없이 나는 지구 반대편으로 날아갔고, 18박 19일에 걸친 고양이 여행길에 올랐다. 그리고 우연히 쉐프샤우엔(Chefchaouen)이라는 비현실적인 마을을 만났다. 쉐프샤우엔은 우리에게 그리 친숙한 지명이 아니다. 하지만 유럽인에게 이곳은 요즘 한창 뜨고 있는 '힐링 플레이스'로 통한다. <론리 플래닛>은 쉐프샤우엔을 일러 모로코에서 가장 매력적인 여행지로 꼽기도 했다. 언제부턴가 사람들은 이곳에 다양한 수식어를 갖다 붙이기 시작했다. 스머프 마을, 동화 속 마을, 하늘이 땅으로 내려온 마을, 파란 마을, 시간이 멈춘 마을. 쉐프샤우엔의 이름에는 '염소의 뿔을 보아라'라는 뜻이 담겨 있다. 마을 뒷산이 염소의 두 뿔(Khouoa)과 닮았다고 해서 붙여진 이름이다. 이곳의 가장 큰 특징은 메디나(구시가)의 모든 집이 파란색(인디고 블루, 터키 블루, 스모키 블루 등 다양한 푸른색이 공존한다)으로 칠해져 있다는 것이다.

모로코에서는 지역과 인종에 따라 자신들을 상징하는 빛깔을 지니고 있다. 가령 마라케시는 붉은 계통, 페스는 황토색, 쉐프샤우엔과 라바트는 파란색, 물론 탕헤르처럼 다양한 빛깔이 한 도시에 혼재하는 경우도 더러 있긴 하다. 쉐프샤우엔이 나에게 특별했던 건 다른 이유가 있다. 바로 고양이. 이곳의 고양이는 어디에 있건 그림과도 같았다. 바다색 벽면을 배경으로 계단에 앉아 있는 고양이 혹은 하늘색 대문 앞에 앉아 그루밍을 하는 고양이. 젤라바(모로코 전통의상)를 입은 사람들을 뒤로 하고 다소곳이 앉아 먼 산을 응시하는 고양이. 온통 파란색으로 뒤덮인 골목에서 파란 집 창문을 향해 먹이를 달라고 냐옹냐옹 보채는 고양이. 고양이끼리 어울려 장난을 치고, 서로 엉켜 잠을 자는 고양이. 하늘색과 파란색이 어울린 풍경 속에서 새근새근 천사처럼 잠든 고양이를 상상해 보라. 무엇보다 이것은 상상이 아니라 현실이라는 거다. 쉐프샤우엔에 도착한 첫날은 아침부터 부슬부슬 비가 내렸다. 비 오는 쉐프샤우엔 골목을 걷자니 이건 정말 바닷속을 천천히 유영하는 것만 같았다. 이 어둠이 다 걷히지 않은 새벽에도 어떤 여행자는 커다란 배낭을 메고 어디론가 떠나고 있었다. 그리고 여행자가 떠나는 모습을 무심하게 바라보는 골목의 고양이 한 마리. 이것이 내가 쉐프샤우엔에서 처음으로 목격한 풍경이다. 어느 골목이나 푸른색이 가득했고, 그 푸른색과 어울리는 고양이들이 있었다.

66

이곳에서는 골목을 달리는 고양이조차 정지 화면을 보는 듯 느긋했다.
여기에서는 사람도 고양이도 서두르는 법이 없었다. 언제나 바삐
이곳을 떠나는 이들은 시간이 없는 여행자들이었다. 만일 모로코에
가고자 하는 여행자가 있다면 나는 꼭 말해주고 싶다. 쉐프샤우엔을
놓치지 말라고. 한 번쯤 파란 골목에서 꿈꾸듯 앉아 있는 고양이들을
만나보라고. 그들과 함께 이 산중의 바닷속을 헤엄쳐 보라고.
쉐프샤우엔은 고양이와 사랑에 빠지기에 더없이 좋은 곳이라고.

99

　　이곳에서는 고양이 울음소리조차 파랗게 울려 퍼졌다. 한 골목을 지날 때 유난히 푸
르게 울려 퍼지는 고양이 울음소리는 내 발길을 멈추게 했다. 잠시 후 골목 끝의 아치형
문을 넘어 중년의 아저씨와 젖소 무늬 고양이 한 마리가 나타났다. 칼을 든 아저씨의 손
에는 플라스틱 바구니에 무슨 양고기인지 염소고기인지 모를 부속 같은 것이 들어 있었
다(쉐프샤우엔은 양가죽이나 양털, 캐시미어를 이용한 가죽과 직물공예로도 유명하다). 고양이는 그
의 손에 들려 있는 것을 달라며 계속해서 뒤따라오며 야옹거렸다. 아저씨는 곧바로 집
으로 들어갔고, 고양이는 여전히 대문 앞에서 냐앙냐앙 울었다. 잠시 후 대문이 열리고
다시 아저씨가 나왔다. 한 줌의 고기를 손에 들고 나타난 그는 고양이에게 한 점씩 던져
주었다. 고양이는 넙죽넙죽 잘도 받아먹었다. 소기의 목적을 달성한 녀석은 이제 파란
골목 한복판에서 느긋하게 그루밍을 하는데, 사람이 지나가도 비켜날 생각을 하지 않
았다. 오히려 사람이 고양이를 비껴가곤 했다. 골목과 벽면의 파란색은 고양이와 그렇게
잘 어울릴 수가 없었다. 파란색으로 인해 고양이는 더 돋보였고, 고양이로 인해 파란 골
목은 생기가 돌았다.

　　그루밍을 마친 녀석은 20~30미터쯤 경사진 골목을 내려와 또 다른 집에 이르러 주변
을 기웃거렸다. 다른 집에서 동냥을 해보려는 심산인 거다. 녀석은 그것이 마치 정해진
일과라는 듯 자연스럽게 행동했다. 쉐프샤우엔에서는 하루가 금방 지나가는 느낌이다.
메디나 골목을 크게 한 바퀴 돌고 광장에서 밥을 먹으니 벌써 저녁이 왔다. 쉐프샤우엔
에서 3일을 보내는 동안 나는 메디나의 푸른 골목을 네댓 번 이상 돌았다. 이곳의 메디
나는 그리 크지 않았고, 여러 번 지나친 골목도 수시로 달라졌다. 비가 올 때와 볕이 날
때의 골목이 달랐고, 고양이가 있을 때와 없을 때의 골목이 또 달랐다. 비현실적인 골목
에서 마주친 현실 속의 무수한 고양이들. 젤라바를 입은 노인들이 골목에서 안부를 묻
고 인사를 나누는 모습은 그 자체로도 그림이지만, 그 옆에 떡하니 고양이가 앉아 있는
모습은 어떤 이야기를 품은 동화에 가까웠다.

잠시 후 녀석들은 동화 속에서 걸어 나와 현실 속에서 장난을 쳤다. 사람의 시선 따위 아랑곳없이 저희끼리 어울려 숨바꼭질을 하고, 싸움 놀이를 하고 꼬리잡기 장난을 쳤다. 녀석들은 심각한 표정으로 사는 사람들을 향해 이렇게 말하는 것만 같았다. '좀 놀아볼래요? 좀 웃어볼래요?' 구멍가게에서 과자를 사 들고 집으로 가던 아이들은 그런 고양이들을 보고 잠시 하하호호 웃는다. 아이들의 웃음소리가 골목에 파랗게 흩어진다. '함맘 광장'(쉐프샤우엔의 중심)으로 내려가는 어른들은 젤라바에 고개를 파묻고 무심하게 고양이 곁을 지나간다. 이런 평화로운 풍경은 이곳에서는 그저 일상적인 풍경이다. 어떤 고양이는 선물 가게 안으로 들어가 스웨터를 슬쩍 잡아당겨 본다. 고양이와 눈이 마주친 가게 주인은 호통을 치기보다 문 쪽을 가리키며 손짓을 한다. 고양이가 문에 매달려 스크래치를 하고 있어도 가게 주인은 그냥 허허허 보고만 있다. 아니 이게 가능한 일이야? 한국에서는 어림도 없는 풍경이다. 아마도 한국에서는 가게 물건을 만지기는커녕 가게 출입조차 허용하지 않을 것이다. 골목에서의 고양이 장난은 오래오래 계속되었다. 이건 누구를 위한 공연도 설정도 아닌 그냥 매일같이 반복되는 쉐프샤우엔 고양이들의 일상이다. 옷가게에서 이웃집 창문까지 우다다를 하고 골목 이쪽에서 저쪽까지 달리기 시합을 하고 골목의 포도나무 위로 풀쩍 뛰어올랐다가 내 발밑을 빙빙 돌기도 한다. 내가 들고 있는 카메라 따위는 신경도 쓰지 않는다.

우기의 쉐프샤우엔은 떠나는 날까지 비가 왔다. 쉐프샤우엔의 파란 골목은 시간이 멈춘 듯 적막했고, 나는 오래오래 그곳에서 시간이 멈춘 고양이들을 바라보았다. 이곳에서는 골목을 달리는 고양이조차 정지 화면을 보는 듯 느긋했다. 여기에서는 사람도 고양이도 서두르는 법이 없었다. 언제나 바삐 이곳을 떠나는 이들은 시간이 없는 여행자들이었다. 만일 모로코에 가고자 하는 여행자가 있다면 나는 꼭 말해주고 싶다. 쉐프샤우엔을 놓치지 말라고. 한 번쯤 파란 골목에서 꿈꾸듯 앉아 있는 고양이들을 만나보라고. 그들과 함께 이 산중의 바닷속을 헤엄쳐 보라고. 쉐프샤우엔은 고양이와 사랑에 빠지기에 더없이 좋은 곳이라고. *end*

66

고양이에게 가장 혹독한 나라 대한민국을 떠나 세계 어느 나라를 가든 우리와는 전혀 다른 풍경을 기대해도 좋다. 이를테면 사람과 고양이가 행복하게 어울린 풍경. 고양이가 고양이로서의 삶을 고양이답게 누릴 수 있는 곳. 모로코에서 내가 만나고자 한 것이 바로 그런 일상적인 풍경이었다.

99

고양이
축제를 가다

고양이 살처분 없는 도시를 꿈꾸다.

치요다 고양이 축제 _{ちよだ猫まつり} 2017.

도심 한가운데 구청사에서 길고양이를 위한 축제가 열린다면 어떤 모습일까? 상상만 하던 그 일이 일본에서 실제로 일어났다. 2017년 2월 18~19일 이틀간, 도쿄 치요다 구청사에서 열린 '치요다 고양이 축제(ちよだ猫まつり) 2017'. 올해로 6회를 맞이한 축제는 단순히 애묘인 바자회에 그치지 않고, 고이케 유리코 현 도쿄도지사도 개막일에 참석할 만큼 비중 있는 고양이 축제로 자리 잡았다.

고양이 캐릭터 간식 · 용품, 체험 행사가 가득한 축제

치요다구는 2011년 일본에서 최초로 '고양이 살처분 제로' 기록을 세운 지역구다. 이 기록은 6년째 이어지고 있다. 애견가로 알려진 고이케 도쿄도지사도 "2019년까지 도쿄도를 반려동물 살처분이 없는 곳으로 만드는 게 목표"라고 밝히며 적극적으로 지원하기로 했다. 치요다 구와 사단법인 치요다 고양이 모임이 공동 주최하는 치요다 고양이 축제는 '보고 즐기고 체험하고 맛보는 고양이 축제'를 표방한다. 축제에서 가장 먼저 동나는 건 고양이 모양을 한 한정 판매 간식이다. 축제 공식 캐릭터를 그려 넣은 도라야키(팬케이크 사이에 단팥을 넣은 간식), 고양이 발바닥 무늬 만주, 고양이 모양 초콜릿까지 먹기가 아까울 만큼 귀여운 간식이 유혹한다. 품절되기 전에 재빨리 줄을 서서 장바구니에 넣고 나면, 다음으로 할 일은 특별 행사를 점검해 정리권을 받는 것이다. 참여 인원에 제한이 있는 행사는 선착순으로 정리권을 배포한다. 미리 받아두면 종일 줄 서느라 시간을 허비할 필요가 없다. 지정된 시간에 가서 행사에 참석하면 된다.

부대행사 중에서는 하루에 두 번, 50명씩만 참여할 수 있는 '리얼 고양이 헤드 체험' 이벤트가 단연 인기였다. 양털로 극사실적인 고양이 인형을 만드는 사토 호세츠 씨가 기획한 이벤트로, 노란 줄무늬·회색 줄무늬·젖소 무늬 고양이 모양 머리를 뒤집어쓰고 '고양이 인간'으로 변신해 기념사진을 찍는다. 강아지풀, 전자 기타, 잉어 등 재미난 소품을 들고 포즈를 취하는 사람도, 웃으며 사진 찍는 구경꾼도 함께 흥겹다. 이 밖에 종이 오리기 공예나 파스텔로 고양이 초상화 그리기도 참여자가 많았다. 용품 판매 부스는 고양이 모양 생활 소품이 주류를 이뤘지만 고양이 책방 냥코도, 고양이 타로 점술사 등 이색 부스가 축제를 더욱 다채롭게 했다. 특히 일본양모인형학원 고양이과 학생들이 참여한 고양이 인형전은 특별한 볼거리였다.

1. 인형작가 사토 호세츠 씨의 '고양이 리얼 헤드' 체험에 참여한 관람객들.
2. 고양이 테마의 개성 넘치는 물건들로 가득 찬 치요다구청 행사장.
3. 고양이 발바닥 모양을 그려 넣은 간식이 인기다.

1. 아카펠라 그룹의 축하 공연. 이 자리에서 고양이 관련 강연도 함께 열렸다.
2. 입양 대기 중인 길고양이와 유기묘를 만나는 '고양이 양도회(입양 행사)'.

66

치요다 고양이 축제는 계몽적인 분위기로 흐르기 쉬운 길고양이
이야기를 축제의 장으로 끌어내고, 고양이 보호 활동가와 길고양이에
대해 모르는 일반 시민 모두를 아울렀다.

99

TNR을 넘어선 TNTA로 입양의 중요성을 알린 자리

길고양이 인식 개선을 위한 축제이기에 축하 공연과 강연도 빠질 수 없다. 특히 치요다
고양이 모임의 6년간 활동을 소개하는 강연이 눈길을 끌었다. 일반적으로 알려진 길고
양이 대책은 TNR, 즉 포획(Trap)→중성화 수술(Neuter)→원 장소에 방사(Return)하는 과
정을 거쳐 개체 수를 줄여나가는 방식이다. 그러나 치요다 고양이 모임은 여기서 한 단
계 나아간 TNTA를 제시한다. 즉 포획(Trap)→중성화 수술(Neuter)→순화(Tame) 후 입양
(Adopt)을 통해 새로운 가족을 찾아주는 단계까지를 말한다.

순화된 길고양이는 악의를 품은 사람에게도 순진하게 다가가다 험한 일을 당하기 쉽
다. 그렇기에 가출하거나 버려져 거리를 헤매는 집고양이는 물론, 너무 순화되어 길에서
살기 어렵거나 아파서 도움이 필요한 길고양이 문제를 해결하는 방법의 하나로 입양의
비중이 더욱 커진다. 이처럼 입양의 중요성을 설파하고자 기획한 부대행사가 '고양이 양
도회(입양 행사)'다. 양도회에서는 시간대별로 입장 인원수를 제한하고 그 인원만 방으로
들어갈 수 있다. 입양 희망자들은 케이지 속 고양이와 눈을 맞추고, 이름, 나이, 성별, 특
이사항 등을 적은 메모를 읽으며 원하는 고양이를 점찍는다. 그러나 현장에서 바로 데
려갈 수 있는 것은 아니다. 이날 모은 신청서를 토대로 사후 심사와 면담을 거쳐 입양자
를 최종 결정한다.

고양이 후원 행사에서 수익금을 많이 확보하는 데만 신경 쓰다 보면 판매 위주의 상
업적 행사로 치우치기 쉽다. 그러나 치요다 고양이 축제는 계몽적인 분위기로 흐르기 쉬
운 길고양이 이야기를 축제의 장으로 끌어내고, 고양이 보호 활동가와 길고양이에 대해
모르는 일반 시민 모두를 아울렀다. 특히 보호소나 동물보호단체에 가야 볼 수 있는 유
기묘나 길고양이를 직접 보고 입양할 계기가 되어준 점에 의미가 있다. 귀여운 고양이의
모습만 좋아하던 사람도 길고양이에 관심을 두는 계기가 될 진정한 고양이 축제가 자주
열리기를 바란다. *end*

타마는 일본 민영 철도에서 처음으로 고양이 역장으로 임명되었고, 어머니 미코와 치비도 역무원으로
기시역에서 살게 되었다(2006년 4월 1일). 타마는 기시역 이용객들에게 큰 인기를 모았고 소문을 듣고
찾아오는 관광객도 늘었다.

기억에 남는
그 고양이

고양이 역장의 유산.

고양이를 행운의 상징으로 여기며 아끼는 일본에서는 수많은 고양이 캐릭터와 고양이 시설 등을 찾아볼 수 있다. 실제 고양이를 모델로 하는 것도 많이 있으며 고양이 역장도 그중 하나다.

고양이 역장 타마(たま, 1999년 4월 29일 ~ 2015년 6월 22일)는 일본 킨키 지역 남부에 있는 와카야마현 기시(貴志)역에서 근무하던 삼색 고양이로 기시역 남쪽의 차고에서 태어났다. 타마의 어머니는 미코(ミーコ), 노란 갈색의 줄무늬 고양이로 타마와 함께 세 마리 고양이를 출산했다. 타마의 형제 중 한 마리는 병으로 일찍 죽었고 나머지 두 마리는 인근 집사들이 냥줍하여 떠나게 되어 창고에는 타마와 어머니 미코 둘이 남았다. 이후 기시역에서 길을 잃은 아기 고양이 치비(ちび)를 타마와 미코가 함께 보살피며 세 고양이가 함께 살았다. 역 이용객들은 세 고양이를 귀여워했다. 그중에서도 타마는 독보적인 외모와 행운의 상징인 삼색 옷까지 입은 덕분에 역 아이돌로 인기를 얻었다. 타마가 귀를 긁으면 다음날 비가 올 확률이 90퍼센트라는 소문이 돌면서 인근 항구 선장들이 노리기도 하였다.

타마가 세 살이던 2003년 타마가 살던 기시역의 노선인 기시가와선(貴志川線)을 운영하던 난카이 전철이 적자로 인해 역과 노선을 정리하려고 했고 이를 오카야마에 소재한 료우비 그룹(両備グループ)이 인수해 와카야마 전철로 이름을 바꿨다. 이 과정에서 폐선은 막았으나 적자는 계속되었다. 와카야마 전철은 적자 경영 해소를 이유로 부대시설을 정리했다. 이 과정에서 타마가 살던 차고도 허물게 돼 타마 일행은 졸지에 갈 곳 없는 처지가 되어 버렸다. 이를 가엽게 여긴 기시역 이용객들은 고양이들이 역에서 살 수 있도록 와카야마 전철에 청원을 하였고 이를 받아들인 와카야마 전철 고지마(小嶋光信 고지마 미츠노부) 사장은 고민 끝에 고양이 역장이라는 아이디어를 떠올렸다(그는 개를 키우며 고양이보다 개를 더 좋아하는 것으로 알려져 있다). 그 결과 타마는 일본 민영 철도에서 처음으로 고양이 역장에 임명됐고, 어머니 미코와 치비도 역무원이라는 직책으로 기시역에서 살 수 있었다(2006년 4월 1일). 타마는 역을 방문하는 사람들에게 큰 인기를 모았으며 소문을 듣고 찾아오는 관광객도 늘어났다. 이후 타마 역장 덕분에 와카야마 전철은 적자를 면했고 국내와 해외 미디어에 소개돼 기시역은 단숨에 일본의 관광명소로 떠올랐다.

1. 타마 다음으로 2대 고양이 역장에 취임한 니타마.
2. 큰 인기를 얻고 있는 타마 전차.
3. 알록달록 재미있게 꾸민 타마 전차 내부.

2009년 3월 21일에는 타마를 모티브로 디자인한 열차, 101개의 타마 역장의 다양한 포즈를 담은 타마 전차(たま電車)가 운행을 시작해 2010년 8월에는 역사도 새롭게 변신했다(타마 캐릭터와 열차 디자인은 일본 관광열차 디자인의 전설로 불리는 미토오카 에이지水戶岡鋭治가 맡았다). 이후 미코와 치비는 병으로 세상을 떠나고 타마도 나이가 들어 활동이 줄어들었다. 이에 타마의 부담을 덜기 위한 새로운 고양이를 찾게 되었고 2012년 1월 5일 타마 역장 취임 5주년을 기념해 타마를 닮은 고양이인 니타마(ニタマ) 고양이를 역장 대리로 임명했다(니타마는 오카야마 시내 도로에서 교통사고에 위험에 처해있던 고양이였는데 와카야마 전철을 운영하는 료우비 그룹 본사에서 키웠다). 타마와 같은 삼색 고양이라 니타마(니루にる, 닮다 + 타마)라는 이름을 붙였으며 타마와 함께 일하게 됐다. 타마와 니타마가 함께 활약하는 동안 와카야마 전철은 적자를 해소하고 관광 수입을 올리며 지역사회 부흥에 기여했다. '네코노믹스(네코ねこ, 고양이+이코노미)'라는 신조어가 생길 정도로 고양이 역장의 활약은 뛰어났다. 이들의 경제 파급 효과는 110억 원에 달한다는 연구 결과도 나왔다.

타마 역장의 흔적이 고스란히 남은 기시역. 네코노믹스(고양이+경제)라는 단어가 생길만큼 고양이 역장의 활약은 뛰어났다. 타마에서 시작된 고양이 역장의 역사가 이어지길 바란다.

1. 시내를 달리는 타마 전차.
2. 골목 곳곳을 달리는 타마 버스.
3. 타마의 넋을 기리는 신사.
4. 타마 역장의 모습을 재현한 오브제.

2013년 1월 5일 타마가 역장에 취임한 지 6년이 되던 날 타마는 와카야마 전철 사장 대리(대표 다음 직책)에 임명되었다. 승진을 계속하던 타마는 2015년 5월 19일 비염으로 입원하며 업무를 중단했다. 안타깝게도 다시는 역장으로 복귀하지 못하고 같은 해 6월 22일 급성신부전으로 무지개다리를 건넜다. 타마의 사망 소식은 전 일본을 슬프게 하였으며 타마의 영결식에는 3천 명이 넘는 추모객이 방문했다. 기시역에는 타마를 기리는 신사(타마 신사)가 세워졌고 니타마가 새로운 역장으로 취임했다. 2017년 1월 7일에는 비슷한 옷을 입은 생후 8개월의 고양이 욘타마(よんたま)가 역장 견습생으로 임명돼 니타마에게 일을 배우고 있다. 타마는 생전 DVD, 영화, CF, TV 방송 등 다양한 매체에 출연했고 사진집도 발간되었다. 타마의 이야기는 만화로도 만들어졌다. 생일 18주년이던 2017년 4월 29일에는 세계 11개 국의 구글 로고에 표시되기도 했다. 타마 전차는 지금도 기시역과 와카야마역을 다니며 사람들의 사랑을 받고 있고 와카야마 전철 본사가 있는 오카야마에는 타마 노면열차와 버스도 다니고 있다. *end*

고양이 역장의 시작은 사람들의 관심이었다. 길고양이를 따뜻하게 바라보고 생명을 소중히 여기는 시민들이 고양이 역장이라는 새로운 시스템을 만들어 냈다. 우리나라에서도 편의점이나 파출소에서 고양이 명예직원을 임명했다는 뉴스가 나온다. 길고양이에 대한 인식이 점차 좋아지고 있다는 얘기일 것이다.

3
4

길고양이 집사가
우표를 만드는 까닭

너무 귀여워서
그렇게 일찍 떠난 아이들을 위해.

고양이 우표의 주인공은 길고양이입니다.
어쩌면 하찮게 여겨지는 길고양이도 우표 모델이 될 수 있겠다는
생각으로 시작한 프로젝트가 벌써 10년이 되었습니다.
처음에는 1년에 1~2번 만들었고 2013년 8월부터는 매달 우표를 만들고
우표 속 길고양이 이야기도 함께 올리고 있습니다.
왜냐하면 힘겹게 살고 있는 우리의 소중한 이웃,
길고양이를 제 옆자리에 앉혀 놓고 소개하고 싶었기 때문입니다.
오늘 소개하는 우표는 2017년 2월에 만들었습니다.
우표 속 새끼 고양이들의 숨겨진 이야기를 한 번 들어봐 주세요.

삼색이 하나. 젖소 하나. 노랑이 하나. 삼겹살집 사장님은 이들을 내쫓지 않고 부식창고 옆에 집까지 마련해주었다. 엄마 삼색이는 아이들 곁에 함께 있었고 사장님은 미역국과 삼겹살을 작게 잘라서 주었고 시장 생선가게에서 내장까지 얻어다 주었다. 덕분에 아이들은 모두 살아남았다. 벚꽃이 떨어지고 라일락이 필 무렵 엄마 삼색이의 외출이 잦아졌다. 자는 시간을 빼고 놀기에 바쁜 아이들에게 부식창고는 좁았다. 이리 뛰고 저리 뛰고 장난치고 구르고 놀다가 문밖으로 나오기 시작했다. 무릎 아래 혹독한 삶을 모르고 고양이스럽기만 했던 그 시절 눈빛이었다.

사진을 찍고 나서 일주일 만에 새끼 고양이들은 다시 돌아오지 못할 아주 먼 길을 떠났다. 엄마가 자리를 비운 사이에 골목까지 나왔던 젖소와 노랑이가 같은 날 차에 치였고, 삼색이는 다음 날 같은 장소에서 같은 사고로 무지개다리를 건넜다. 내가 직접 본 것은 삼색이 뿐이다. 젖소와 노랑이는 2, 3차 사고가 이어지면서 짓이겨졌고 삼색이는 사고가 난 후 삼겹살집 사장님이 신문지로 싸서 쓰레기통 옆에 놔둔 것을 보았다. 나는 어찌할 바를 몰랐다. 머릿속에는 아기들을 땅으로 돌려보내고 싶은 생각밖에 없었다.

삼색이 새끼를 검은 봉투에 넣어 오토바이 뒤에 싣고 서울대학교 후문 앞산 중턱으로 가 묻어주었다. 삼색이 새끼는 내가 묻어준 첫 번째 길고양이였다. 그로부터 10년이 지났지만 로드 킬로 목숨을 잃는 길고양이 숫자는 줄지 않고 오히려 늘어나고 있다. 로드 킬 사고 현장은 대부분 우리가 안전하다고 생각하는 골목길이다. 골목길 규정 속도는 시속 30킬로미터다. 규정 속도만 지켜도 아이들을 살릴 수 있다. 나와 당신 그리고 우리가 지키지 않는 규정 속도 때문에 길고양이들의 꽃 같은 목숨을 빼앗을 수 있다. 아이의 눈빛을 보면서 우리의 오른쪽 다리에 조금 더 배려심이 생기길 바라는 마음이다. *end*

길고양이와
대화

골목길에서
우연히 마주치다.

고양이를 춤추게 하는 법

고양이를 춤추게 하는 법은 생각보다 어렵지 않습니다. 우선 명랑한 고양이와 친해지세요. 친해지는 방법은 항상 그렇듯 잦은 만남과 대화 그리고 선물이랍니다. 선물은 맛있는 밥이 가장 좋습니다. 건 사료도 좋고 캔 사료도 좋지만, 고양이마다 호불호가 있으므로 취향을 먼저 잘 파악해야 한답니다. 자주 만나고, 만날 때마다 사료를 건네주며 이런저런 대화를 나누세요. 특별한 주제가 아니어도 괜찮습니다. 그간 잘 지냈는지, 별일 없었는지, 사는 고민이나 외모 칭찬 등 이런저런 이야기를 시작해 보세요. 뜻이 모두 통할수는 없겠지만, 마음은 온전히 전해질 것입니다. 그렇게 당신은 고양이의 친구가 된답니다. 내가 먼저 말을 걸지 않아도 상대방이 말을 걸어주고, 내가 먼저 손 내밀지 않아도 상대방이 먼저 다가와 다리에 몸을 기대올 겁니다.

고양이와 함께하는 시간

고양이와 친해지고 나면 드디어 고양이와 춤을 출 차례입니다. 이를 위해서는 간단한 준비물이 필요합니다. 우리는 고양이와 춤을 추기엔 몸이 너무 커서 자칫 고양이를 다치게할 수도 있으니까요. 고양이가 겁을 먹거나 다치지 않도록 고양이 낚싯대를 준비해 주세요. 준비한 장난감을 지휘봉처럼 흔들어 주면 고양이는 당신의 지휘에 맞춰 춤을 추기시작할 것입니다. 때로는 살랑살랑 손짓만으로, 때로는 격하게 뛰어오르며 고양이마다다른 춤을 추지만 공통점은 나와 함께 춤을 춘다는 사실이랍니다. *end*

고양이가 춤을 춥니다. 저도 그들이 이렇게 멋진 실력을 감추고 있었던 걸 몰랐죠. 따뜻한 시선으로 관심있게 지켜보면 그들은
우리에게 뜻밖의 선물을 건넨답니다. 비록 근사한 연미복을 입진 않았지만 춤 솜씨만큼은 반짝반짝 빛납니다.

어느 골목길에서 만난 노란 고양이는 근엄한 풍채와 표정으로 왈츠를 췄습니다.
아파트 앞에서 춤추는 배가 하얀 이 고양이는 재즈의 그루브를 보여주었고요. 고양이마다 선호하는 음악 장르가 다르답니다.

고양이의 댄스는 흥이 중요합니다. 오늘을 잘 보낸 고양이에게 이 정도 춤은 기본입니다.
하늘을 향해 손을 번쩍 올린 모습이 어쩐지 비장하기까지 합니다.

숨은 고양이
찾기

고양이는 있다.

나는 모르겠다. 다른 사람과의 거리는 심리적이고 물리적인 것이다.
어떻게 그들이 어떤 상태이고 어떤 생각을 하고 있으며 그것으로 인해 그들의 미래까지
어떻게 될 것이라고 단정 지어 말하는지.
우리는 언젠가부터 관심이라는 가면을 쓰고 떨어져 있는 타인에게 자신의 잣대를 들이댄다.
그리고 보이는 모습만 보고 그들의 희로애락을 쉽게 결정하고 단정 지어버린다.
그저 그렇게 보일 뿐. 눈에 보인다고 그것이 전부는 아니다.
당신은 어떤가. 나는 모르겠다. 정말 모르겠다.

길고양이를
사랑하는 사람들

캐밍아웃, 캣맘과의 만남.

길고양이를 보살피는 사람들이 본인이 길고양이를 돌보고 있음을 공개적으로 밝히는 것을 '캐밍아웃'이라고 한다. '커밍아웃'에서 차용한 것으로 성 소수자인 동성애자가 자신의 취향을 밝히는 일만큼이나 쉽지 않은 것이 길고양이를 보살피고 있음을 밝히는 일이다. 커밍아웃이 '벽장 속에서 나오다(Coming out of the closet)'에서 유래했듯이 캐밍아웃은 '골목에서 나오다(Coming out of the alley)'처럼 도시의 그림자에 숨어 있던 사람들이 자신의 행동을 당당하게 드러내는 작업이기도 하다. 어두운 골목에서 길고양이를 돌보는 데 그치지 않고 주변 길고양이를 돌보고 있다고 알림으로써 길고양이를 우리의 이웃으로 인정받겠다는 의지의 표현이기도 하다.

밥 주는 동네는?

미성동.

밥은 얼마나 줬나?

3~4년 정도다.

밥자리는 몇 개?

지금은 한 군데.

밥 주는 아이들은?

얼굴 보는 아이가 다섯 마리 정도.

캣맘이 된 계기가 궁금하다.

길고양이 출신 아이를 입양해서 함께 살다 보니 자연스럽게 길고양이에게 관심이 갔다. 회사에 들어와서 보니 근처에 길고양이가 많이 살고 있었다. 원래는 회사 근처를 돌아다니면서 주다가 지금은 회사 건물에 자리를 마련해서 주고 있다.

캣맘으로 어려운 점이 있다면?

밥그릇에 담배 꽁초를 버리거나 침을 뱉어 놓은 것을 보았을 때 마음이 좋지 않다. 싫어도 그건 아니지 않은가? 건물 청소하는 아줌마는 밥을 주지 말라고 하고, 경비 아저씨는 밥그릇과 물그릇을 치워버린다. 그래도 다시 놓는다. 밥이 그 자리에 있다고 찾아오는 아이들의 기대를 저버릴 수가 없다. 밥과 물 정도는 줘도 되지 않나?

반대로 즐겁거나 행복한 점이 있다면?

콧물을 흘리는 아이가 있었다. 증세가 심한 것 같아약을 지어서 캔에 섞어 먹었다. 그리고 며칠 동안 보이지 않아서 걱정이 많았다. 그런데 얼마 지나서 보니까 작은 풀숲에서 다른 아이와 함께 꼬리를 세우고 놀고 있더라. 가만히 보니까 콧물도 흘리지 않았다. 죽은 줄 알았던 아이가 다시 보여서 정말 좋았다.

가장 기억에 남는 아이가 있나?

아까 이야기했던 콧물 흘렸던 고양이.

캣맘을 한 문장으로 정의한다면?

캣맘이란 수학 문제다.

이유는?

수학 문제와 길고양이 돌보기는 문제를 풀어간다는 점에서 비슷하다고 본다. 또 수학 문제에는 반드시 정답이 있듯이 길고양이를 돌보는 문제도 답이 있을 거라고 믿는다. 나와 길고양이 그리고 사람들과 얽혀 있는 방정식을 푸는 방법을 찾고 싶다.

밥 주는 동네는?

청룡동.

밥은 얼마나 줬나?

1년 9개월 정도.

밥자리는 몇 개?

다섯 군데.

밥 주는 아이들은?

서너 마리 본 적은 있지만, 정확히는 모른다.

캣맘이 된 계기가 궁금하다.

어렸을 때부터 유기 강아지나 다친 동물을 보면서 눈물을 흘리던 아이였다. 길에서 사는 고양이가 눈에 띄면서 자연스레 밥을 주게 되었다.

캣맘으로 어려운 점이 있다면?

처음에 고양이 밥을 준다고 하면 경이로운 눈빛으로 바라본다. 그러다가 점점 눈빛과 말투가 바뀐다. '네가 그럴 처지가 아니잖아.' 이렇게 직접 말하거나, '캣어머니 나가세요?'라고 비아냥거리는 말을 들으면 무시당하는 것 같아 기분이 상한다.

반대로 즐겁거나 행복한 점이 있다면?

아이들이 맛있게 밥을 먹어 줄 때.

가장 기억에 남는 아이가 있나?

똥꼬발랄.

이름이 귀엽다. 어떤 이유인가?

얼마 전에 일이다. 똥꼬발랄이 안 보이는 거다. 우는 소리는 들리는데 어디 있는 줄 몰라 주변으로 찾으러 다녔다. 그랬더니 교회가 있는 건물 옥상 난간에 있는 거다. 어떻게 올라갔는지는 모르지만, 문이 닫혀서 내려올 수 없는 것 같았다. 건물 세탁소 사장님에게 물어서 옥상으로 올라갔더니 건물 주인도 올라오더라. 건물 주인이 약을 놓아 없애겠다고 하기에 주말에 와서 아이를 꼭 데려갈 테니 기다려 달라고 했다. 대신 밖으로 나올 수 있게 옥상 문을 열어 달라고 부탁했다. 그리고 매일 캔을 문 앞에 놓아두었다. 그랬더니 이틀 만에 밥자리로 돌아왔다. 그때부터 나만 보면 엉기고 부비고 한다.

캣맘을 한 문장으로 정의한다면?

캣맘은 담담한 사람이다.

어떤 뜻인가?

주변 사람들의 참견과 비아냥거림에 흔들리지 않아야 한다. 내가 왜 이 일을 해야 하는지 늘 마음을 다잡아야 한다. 주변 여건이 어떻더라도 마음이 담담해야 아이들을 계속 챙길 수 있으니까. 나는 끝까지 아이들을 챙길 거다. *end*

카페 고양이

을왕리 길고양이 이브와
노 피디의 묘(猫)한 인연.

인연이란 정말 신기하다.

삶의 팍팍함에 지쳐 살아가던 내가 또 다른 희망과 삶에 대한 이유를 알게 된 사건이 생겼다. 서교동 한 귀퉁이에 자리 잡고 카페를 운영하며 지낸 지 여덟 해. 그동안 많은 일, 많은 사람으로 인해 즐겁고 행복하게, 때로는 아프고 힘들게 살아왔다.

그런데 지금의 나는 한 존재로 인해 큰 변화를 겪으며 또 다른 기대를 품고 살고 있다. 모두 이브 덕분이다. 인천 을왕리 바닷가에서 만난 청년을 따라 서교동까지 온 특별한 존재. 고양이가 자기 영역을 벗어나기란 쉽지 않은 일이었을 텐데 생존 본능에 따른 선택이었는지 아니면 운명의 끈을 붙들었던 것인지 이곳까지 오게 되었다.

이브는 청년의 차를 타고 을왕리를 떠났다

서교동에 작은 가게를 준비하면서 마음을 다지러 을왕리 바닷가를 찾았던 청년. 그는 우연히 만난 고양이 한 마리가 자기를 따라다니며 다리에 머리를 비비고 곁을 떠나지 않자 쓰다듬고 예뻐해 주었다. 한참을 놀아주다가 서울로 떠나려고 차 문을 여는 순간 고양이가 폴짝 차에 올라타는 것이 아닌가? 깜짝 놀랐지만, 자기를 잘 따르는 것 같아 데려가도 될까 싶어 을왕리 사람들에게 물어보니 모두가 길고양이니 데려가라고 했단다. 그렇게 청년의 차에 올라탄 고양이. 그 아이가 이브다.

이브는 서교동 외출냥이가 되었다

이브는 서교동에 온 지 열흘 만에 새끼 여덟 마리를 낳았다. 놀라는 한편 생각해보니 생존 본능으로 안전한 곳에서 새끼를 낳으려고 청년을 따라온 것이 아닐까 싶었다. 이브는 서교동에 자리를 잡고 아기들과 함께 외출냥이로 동네를 돌아다녔다. 가게를 여는 오전 11시가 되면 이브는 새끼 고양이들을 데리고 가게 옆 빈집 넓은 마당에서 한바탕 뛰어놀고 그 옆 카페(우리 가게)로 와 햇볕을 쬐며 사료와 물, 간식까지 맛나게 먹고 낮잠도 쿨쿨! 한숨 푹 자고 일어나 뒷골목 사무실에서 주는 맛난 간식을 또 먹고 이 골목 저 골목 신나게 돌아다니며 이웃들의 사랑을 듬뿍 받고 지냈다.

1. 을왕리 출신 이브는 서교동 노 피디의 카페에서 새로운 일상을 살고 있다.
2. 이브가 서교동에서 낳은 새끼 고양이가 어느덧 성묘가 되었다. 고양이의 일생은 사람의 삶보다 빨리 흘러간다.
3. 동네를 굽어보는 이브. 이웃의 관심과 사랑이 있기에 이브는 느긋한 일상을 보낼 수 있다.

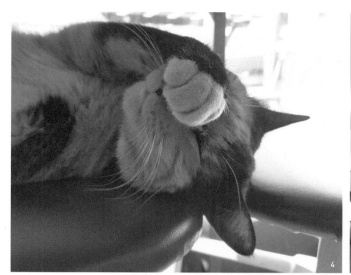

4. 이브는 카페에 자리를 잡고 노 피디를 비롯한 스태프들까지 여러 집사를 거느리게 됐다. 오늘도 집사 관리에 피곤한 이브다.

5. 카페 공간 곳곳이 이브의 단골 자리다. 특히 냉장고 위는 카페 안을 두루 볼 수 있는 명당이다.

6. 노 피디와 이브는 친구이자 가족이고 동반자다.

그렇게 지낸 지 일 년

어느새 이브의 새끼 고양이들도 성묘가 되고 새끼를 낳아 이브는 일 년 만에 할머니가
되었다. 그러던 중 아기들에게 치여 사는 게 싫었던지 이브가 나에게 왔다. 또다시 본능
의 날이 섰는지… 허허. 가게 문만 열리면 바로 들어오던 우리 카페에 터를 잡고 앉더니
일어서지 않았다. 걱정돼서 옆 가게 청년 사장님께 연락해 몇 번을 데려가게 했지만, 이
브는 제 집에 가는 것을 싫어했고 우리 카페에 있기를 원했다. 따뜻하고 아늑한 분위기
의 카페가 좋았는지 아니면 내가 마음에 들었는지는 모른다. 며칠 후 청년 사장님이 나
를 찾아와 "사장님, 이브가 사장님을 간택한 거 같아요. 어쩌죠?" 나 역시 "네! 그럴 거
같았어요. 제가 잘 키울게요!"라고 바로 대답해버렸다.

카페 가족이 된 이브

매일 만나는 이브와 가족처럼 지냈던 나와 카페 식구들은 이브를 안고 손뼉을 치며 좋
아했다. 예전부터 고양이를 키우고 싶었지만 심한 알레르기 때문에 길고양이 밥만 챙겨
주는 걸로 만족하고 살았다. 그런데 이브와는 천생연분인지 내성이 생겼는지 어느새 만
지고 안아도 아무렇지 않았다. 한 번도 동물을 키워본 적이 없는 나였지만 이브가 외출
냥이로 나에게 다가온 일 년 동안 고양이를 어떻게 대해야 할지, 무엇을 준비하고 먹여
야 할지 알게 됐고 공부도 했다. 어느새 카페에는 이브가 살 수 있도록 모든 게 마련되어
있었다. 손님들이 고양이 카페냐고 물을 정도로.

이브와 지내면서 내 생활도 자연스럽게 바뀌었다

출근해서 가장 먼저 챙기는 건 이브. 출근 뽀뽀를 시작으로 화장실 체크, 밥과 간식을 챙
기고 어디 아픈 데는 없나 살펴보고 신나게 한판 놀아준다. 그렇게 카페에서 함께 지내
기 시작하면서 나는 어떻게 하면 손님들이 불편하지 않게 이브를 잘 데리고 있을까, 또
이브도 불편하지 않을까 고민하게 됐다. 그러면서 카페 곳곳에 이브를 위한 무언가가 하
나씩 늘었고 나도 어느새 고양이 집사로서 면모를 갖추기 시작했다. 을왕리를 떠나온
지 일 년 만에 서교동 터줏대감 노 피디에게 안겨 새로운 삶을 살게 된 이브. 이렇게 두
묘생과 인생의 변화가 시작되었다. *end*

유기묘 입양기
하리통신 1

'임보'의 숨은 뜻을
아시나요?

임보, 임시 보호의 줄임말. 사전적 의미만 따진다면 그렇다. 한데 이 단어에는 임보해 본 사람만 공감하는 숨은 뜻이 있다. 바로 '임종할 때까지 보호'한다는 뜻. 처음엔 임시보호지만 키우면서 정이 들어 결국 입양하기 때문이란다. 유기묘였던 첫째 스밀라도, 둘째 하리도 그런 과정을 거쳐 나와 가족이 되었다.

본가에 남은 스밀라

2015년 4월 연희동에 원룸 아파트를 얻어 독립 준비를 하면서 가장 큰 고민은 스밀라의 거취였다. 지금은 정상 수치에 가까워졌지만 스밀라는 한때 급성신부전으로 사경을 헤맸고, 유전 질환인 PKD(다낭성 신장질환)도 있었다. 당시는 잡지사에서 일할 때라 야근이 잦았고 매달 지방 출장도 있었다. 독립하며 데리고 나온다면, 스밀라는 하루 중 대부분의 시간을 빈집에 홀로 있어야 했다. 하지만 본가는 어떤가? 스밀라가 9년간 함께해온 가족과 익숙한 환경이 모두 거기 있었다. 바쁜 아침마다 스밀라의 밥과 약을 챙겨주며 병간호를 도와준 남동생이 있고, 스밀라를 손녀처럼 아끼던 어머니도 헤어지기 힘들어하셨다. 고민 끝에 스밀라는 본가에 남고, 대신 내가 수시로 찾아가기로 했다. 오랜만에 본가에 들러도 스밀라는 열렬하게 반기는 법이 없었다. "왔냐?" 하는 듯 앵 울며 내 다리에 꼬리를 툭 치고는 바로 돌아선다. '그래, 이게 스밀라였지.' 고양이를 자식처럼 여기는 분들이 많지만, 스밀라는 내게 오래된 친구 같다. 자기 주장이 뚜렷하고 독립적인 친구. 그런 성격이 나와 닮아서 스밀라를 좋아했다. 하지만 처음 만났을 때 나보다 어렸던 그 친구는 이제 할머니가 되어가고 있었다. 함께할 시간이 얼마 남지 않았다고 생각하니 조바심이 났다. 스밀라가 채워준 마음의 허기를 채울 길이 없으니 공허감도 날로 커졌다.

'개냥이' 하리와의 첫 만남

스밀라가 없던 시절 길고양이를 만나 위로받았던 것처럼, 다른 고양이들 이야기를 접하며 헛헛함을 달랬다. 고양이 책 작가로 일하다 보니 고양이 구조를 하는 분을 만나 취재할 때도 있고, 동물단체나 보호소 봉사단 SNS를 팔로잉해 매일 올라오는 피드를 읽기도 한다. 보호소 고양이들은 늘 마음이 쓰였다. 유기묘였던 스밀라를 임시 보호하다 가족이 되었기에 더 그랬다. 유기묘나 길고양이는 입양자가 나서지 않은 상황에서 공고 기간 10일이 지나면 소유권이 지자체로 넘어간다. 이후에는 안락사하더라도 법에 저촉되

지 않는다는 뜻이다. 모든 고양이가 가족을 만나 행복하게 살 수 있다면 좋으련만, 보호소에 들어간 고양이가 입양되기란 쉽지 않고 성묘라면 더욱 힘들다. 그래서 공고 기한이 얼마 남지 않은 고양이를 보면 안타까웠다.

유기묘 하리를 임보하다

성남의 한 공원에서 구조되어 동물병원에서 보호 중이던 하리도 남은 시간이 별로 없는 상태였다. 퀭한 눈으로 웅크린 하리를 보니 스밀라 생각에 눈물이 흘렀다. 왼쪽 송곳니가 부러진 상태, 2.3kg밖에 되지 않는 앙상한 몸까지 모든 것이 스밀라를 처음 만났던 때 같았다. 털 길이, 색깔, 눈동자 색만 달랐을 뿐이다. 모든 고양이를 구할 수 없다는 걸 알기에 내가 책임질 수 있는 선까지만 관여하기로 오래전부터 다짐했다. 하지만 임보하는 정도라면 할 수 있을 것 같았다. '입양자가 나타날 때까지만 시간을 벌어주자'는 마음으로 신청서를 보냈다. 그때가 2016년 11월. 회사를 그만두고 고양이 출판사를 준비하던 중이라 여유가 있었다. 입양 담당자는 방묘창과 방묘문을 설치했는지 사진으로 확인하고 직접 데려다주겠다고 했다.

하리를 맞을 준비를 하며

설레는 마음으로 고양이 화장실과 모래, 사료, 샴푸, 장난감 등을 주문하고 하리를 기다렸다. 스밀라가 처음 왔을 때 구석으로 숨었던 게 떠올라서, 책장 한 칸을 비워 은신처도 마련해뒀다. 이 고양이는 집에 들어섰을 때 어떻게 행동할까? 곧바로 구석으로 숨을까, 낯설어서 꼼짝도 하지 않을까? 하지만 하리는 예상을 뛰어넘었다. 이동장 문이 열리자마자 망설임 없이 걸어 나와서 집을 탐색하더니 장난감을 붙잡으려 정신없이 뛰어올랐다. 입양 담당자 한 분이 하리와 놀아주는 사이, 다른 한 분과 이야기를 나누며 임보 계약서를 썼다. 두 분이 돌아가고 하리와 나만 남은 상황. 온몸이 꼬질꼬질해서 대강이라도 씻기려 욕실로 데려갔더니 반항도 별로 하지 않고 얌전했다. 샤워기만 틀면 겁을 먹고 발버둥 치는 스밀라와 전혀 달랐다. 씻고 나서 기분이 좋아졌는지 하리는 내 허벅지 위로 올라와 그르렁대며 식빵을 굽기 시작했다. '그릉그릉'을 마치고 나서는 책상으로 뛰어올라 앞발로 내 볼을 쓰다듬으며 "으응?" 하고 울었다. 사람을 쓰다듬어주는 고양이라니! 불을 끄고 잠자리에 누웠더니 침대로 따라와 이불 위에서 꾹꾹이를 시작했다. 그야말로 전형적인 '개냥이'에다 사랑이 넘치는 고양이였다.

일주일 만에 가족이 되다

그렇게 일주일이 흘렀다. 하리는 매일 밤 침대로 와서 꾹꾹이를 해주었고, 그 의식이 끝나면 베개 왼편에 누워 잠들었다. 아침에 눈을 뜨면 내 어깨에 앞발을 얹고 빤히 보는 하리와 눈 맞추며 하루를 시작했다. 스밀라와 사는 동안에는 한 번도 경험 못한 일이었다. '다정한 아이로구나, 어느 집에 가더라도 사랑받겠구나.' 그런 생각이 들었다.

하리가 좋은 집에 입양 가기를 바라며 인스타그램(@catstory_kr)에 #하리통신 태그를 달고 임보 일기를 쓰기 시작했다. 하리는 엉뚱하게 귀여웠다. 고양이가 아닌 새 소리(꾸륵꾸륵)나 물개 소리(아, 아?)로 울었고, 내가 일하고 있으면 키보드 앞에 드러누우며 시위하기도 했다. 이렇게 다정한 고양이를 언젠가 보낼 생각을 하니 엄두가 나지 않았다. 내가 하리에게 살 기회를 준 거로 생각했지만, 실은 하리가 위태로운 날 붙들고 있다는 것도 깨달았다. 결국 일주일 만에 입양 담당자께 다시 연락 드렸다. 하리를 키우겠다고. 집에 온 지 한 달쯤 지나자 한밤중의 꾹꾹이는 뜸해졌다. 무릎 고양이를 해주는 일도 없었다. 생각해보니 처음 임보 왔을 때 하리의 마음은 그랬던 것 같다. 내가 이렇게나 너를 좋아하니까 꼭 내 엄마가 되어달라고, 춥고 무서운 보호소 철장에는 다시 들어가기 싫다고. 그래서 그렇게 절박하게 애정 표현을 퍼부었던 게 아닐까.

서로에게 익숙해지는 시간

사람도 그렇지만, 고양이도 사랑받고 있다는 확신을 느낄 때 자기 주장이 뚜렷해진다. 지금이야 새벽마다 간식 내놓으라 호통치며 다니지만, 조심스러운 성격의 스밀라는 큰 목소리를 내기까지 몇 년이 걸렸다. 이와 달리 천성이 명랑한 하리는 사랑받으려 애쓰지 않아도 된다는 것도, 여기가 제 집이며 내가 새 가족이란 것도 금세 깨달았다. 그래서인지 요즘은 처음 왔을 때처럼 애정을 갈구하지는 않는다. 내가 일할 때면 책상으로, 잠들려 하면 침대로 졸졸 따라오는 건 여전하지만. 이젠 나도 하리가 뺨을 쓰다듬는 행동이 나를 위로하기 위해서가 아니라, 그저 주의를 돌리기 위한 행동이란 걸 안다. 아마 제 얼굴도 이렇게 좀 쓰다듬으라는 뜻이겠지. 그래도 여전히 다정하게 느껴지는 건 마찬가지다. 15년간 고양이를 찍고 그중 9년을 스밀라와 함께 살았지만, 스밀라는 내게 아들딸보다는 친구에 더 가까웠다. 나보다 몸이 작고 종도 다르지만 든든하고 위로가 되는 친구. 하지만 하리는 어린 딸처럼 느껴진다. 사랑하는 것만이 삶의 목표이고, 사랑을 나눠주는 것만으로 마냥 행복한 딸. 선물처럼 찾아온 고양이 딸 덕분에 건강하고 행복하게 살아야겠다는 목표가 생겼다.

하리는 가벼운 허피스 증상이 있어 줄곧 재채기를 했다. 하지만 오른쪽 눈의 결막염과 눈가와 귀 끝의 곰팡이 흔적을 제외하면 특별히 아픈 곳은 없어 보였다. 두 번째로 간 병원에서 진단을 받기 전까지 며칠 동안, 정말 그런 줄로만 알았다. *end*

길고양이를
입양해 가족이 된
사람들

김리호 집사와
다섯 아이.

김리호 씨는 밥을 주다 만난 깜냥이를 구조해 가족으로 삼았다. 깜냥이와 함께 지낼 곳으로 옥탑방도 구했다.
구조 당시 깜냥이는 임신 중이었다. 임신 사실은 병원에 가서야 알게 되었다. 한 달 뒤 깜냥이는 무사히 출산했다.
깐돌이, 마고, 뚜껑, 방울이까지 대가족이 되었다. 아이들은 모두 입양을 보낼 생각이지만, 그럴 수 없었다.
뛰어 놀던 마고가 냉장고와 벽 사이에 끼어 다리를 다쳤고, 신경이 손상되어 한쪽 다리를 쓸 수 없게 되었기 때문이다.
리호 씨는 자기 책임이라 생각해 마고를 평생 책임질 결심을 했다. 페리는 품종묘로 유기묘다.
마고가 다치고 얼마 후에 어쩔 수 없이 페리를 구조했다. 페리는 원래 털 색깔이 알아볼 수 없을 정도로
꾀죄죄했지만 어떻게든 자신과 눈을 맞추려는 아이를 리호 씨는 외면할 수 없었단다.
그래서 페리와도 함께 살 생각이다. 이 모든 게 6개월 만에 일어났고 그녀는 이 모든 상황이 자기 탓이라고 한다.
아이들과 눈을 맞추며 습관처럼 '미안하다'와 '사랑한다'라는 말을 수없이 하는 눈물 많은 초보 집사다.

우리 동네
고양이 서점

'고양이 빌딩'의 꿈 담은
고양이 책방 슈뢰딩거.

혜화역에서 이화동 벽화마을 쪽으로 올라가는 좁은 비탈길, 책과 고양이 그림이 가득한 공간이
눈에 들어온다. 가게 앞에 얌전히 선 입 간판에 적힌 '고양이 책방 슈뢰딩거'란 글귀가 이곳의 정
체를 알려준다. 슈뢰딩거에서는 고양이 관련 책과 소품을 팔 뿐 아니라, 매달 새로운 작가의 고
양이 작품전을 연다. 주말이면 테이블 배치를 바꿔 카페로도 변신한다. 고양이 전문 책방을 넘
어 궁극적으로 '고양이 콘텐츠 플랫폼'을 지향한다는 김미정 대표를 만났다.

책방을 열면서

고양이 책방 슈뢰딩거는 2016년 6월 9일, 고양이 발바닥을 뜻하는 '육구(肉灸) 데이'에 맞
춰 숭인시장에 문을 열었다. 재래시장 특유의 정겨운 분위기는 좋았지만, 공간이 좁고
접근성도 떨어져 2017년 4월 말 동숭동의 지금 자리로 이전 개업했다. 책방 이름은 오스
트리아 물리학자 에르빈 슈뢰딩거가 제창한 사고실험 '슈뢰딩거의 고양이'에서 따온 거
라고. 대학에서 문헌정보학을 전공한 김 대표는 한때 사서가 될까, 도서관을 열까 고민
했다. 서점으로 목표를 바꾼 건 집 근처에 있던 동네 서점 오디너리북스의 영향이 컸다.
작지만 개성 있는 그 서점을 보며 김 대표는 '고양이 전문 책방을 열어보면 어떨까?' 생
각했다. 그때부터 책방 오후다섯시, 일단멈춤, 다시서점 등 독립출판서점을 찾아 다니며
조언을 구했다. 특히 다시서점 김경현 대표의 격려는 큰 힘이었다. 헌책방을 할까도 생각
했지만 "고양이 책방이 더 낫다"는 이상한 나라의 헌책방 윤성근 대표의 조언에 마음을
굳혔다. 고양이 책방은 조르바와 미오 두 고양이가 없었다면 엄두도 못 냈을 꿈이었다.

고양이 책방의 탄생을 이끈 고양이들

2014년 1월 입양한 첫째 조르바는 남편의 지인이 구조한 임신묘의 새끼 세 마리 중 하나
였다. 고양이를 어떻게 키워야 할지도 모르면서 입양 이야기가 나온 지 일주일 만에 데
려온 터라 시행착오가 잦았다. 꾸짖어도 딴청부리는 고양이를 보고 화날 때도 많았고
"고양이도 사람이 기선 제압을 해야 한다"는 인터넷 글에 흔들리기도 했다. 하루는 같이
자고 싶다는 조르바를 거실로 내보내고 침실 문을 닫았다. 조르바가 밤새 문에 몸을 부
딪치며 울었지만 모른 척했다. 다음날 문을 열었더니 조르바 얼굴에 피가 흐르고 있었
다. 그때 그는 크게 자책하며 후회의 눈물을 흘렸다.

1. 동숭동 이전 후 첫 번째 초대작가전으로 일러스트레이터 상상의 전시를 열었다.
2. 공간 곳곳에는 고양이 책과 물품이 놓여 있다.
3. 잘 가꾼 서점 전경. 앞으로 어떻게 발전해나갈지 기대된다.

"고양이 책방을 하는 게 저에겐 '속죄'의 의미도 있어요. 내가 조그만 생명도 책임지지 못할 만큼 못난 사람이었구나, 그걸 깨닫게 해준 조르바에게 고맙고 미안하죠. 그때부터 인터넷에 떠도는 '카더라 통신'은 안 믿고, 책을 찾아 읽고 수의사와 상담도 하면서 고양이에 대해 배워나갔어요."

조르바에게 친구를 만들어주고 싶어 데려온 둘째 미오는 대학생이 키우던 세 살배기 러시안블루였다. 그 학생이 기숙사에 들어가면서 고양이를 못 키우게 된 바람에 2014년 12월 데려왔다고. 예정에 없던 셋째 다윈은 숭인동 시절 책방 근처에서 구조했다. 처음엔 임시 보호만 할 생각이었지만, 끝내 가족을 찾아주지 못해 그의 집에 눌러앉았다.

고양이를 키우기 전에 필요한 건 물품보다 '공부'

김 대표는 "고양이를 키우기 전에 가장 먼저 준비해야 할 것은 이동장, 화장실, 밥그릇 같은 물품이 아니라 고양이에 대한 책을 읽고 공부하는 것"이라고 강조한다. 고양이를 잘 모르던 시절 겪은 시행착오가 있었기에, 책을 통해 고양이에 대한 정확한 정보를 알려주고 싶은 마음이 크다. 그는 초보 애묘인뿐 아니라 고양이를 반려 중인 사람도 읽기 좋은 책으로 〈캣 센스〉(글항아리 펴냄)를 추천했다. 너무 호들갑스럽게 고양이 사랑을 강조하지 않고, 관조하듯 객관적으로 고양이를 보여주는 책이어서 좋다고. 단순히 귀엽고 예쁜 고양이 책이 아닌, 고양이 이해의 길잡이가 될 책을 추천하고 싶다는 김 대표. 그 진심이 전해진 덕분일까? 2017년 6월 개업 1주년을 맞이한 슈뢰딩거는 어느덧 고양이 책방의 대표 주자로 자리를 잡았다. 책만 파는 곳이 아니라 재미난 전시가 자주 열리고, 흔치 않은 고양이 문구류나 소품도 살 수 있다는 입소문이 난 덕이다. 특히 일본에서 수입해온 아기자기한 고양이 문구가 인기다. 판매 수익도 책보다 문구류에서 많이 남는 편이다. 앞으로도 매년 분기별로 한 차례씩 일본을 찾아 고양이 책과 소품과 문구를 들여올 생각이다. 책은 인터넷에서 사기도 하지만, 아무래도 현지에서 직접 보고 고르는 것만 못하단다. 특이한 고양이 책을 찾는 사람들을 위해 애장 도서도 상시 전시한다. 해외 중고 거래 사이트에서 직구해 온 동구권 고양이 그림책이 인기가 많다.

행간으로 켜켜이 쌓이는 고양이 이야기

동숭동으로 책방을 옮기면서 생긴 몇 가지 변화가 있다. 하나는 동업자가 생기면서 시작한 주말 카페다. 카페를 여는 주말에는 대형서점의 평대에 해당하는 큰 테이블의 책을 작은 테이블로 옮기고 커피를 판다. 6월 9일에 준비한 1주년 기념 파티를 기점으로 카페 메뉴도 늘릴 생각이다. 슈뢰딩거는 현재 약 3백 종의 고양이 책을 갖추고 있다. "작은 서점은 책의 종수보다 큐레이션이 핵심 콘텐츠"라는 게 김 대표의 생각이다.

4. 고양이과 동물들의 책. 고양이를 좋아하면 삵이나 사자도 친근하게 느껴진다.
5. 아기자기한 고양이 상품들.

처음 책방을 열었을 때는 고양이 책을 최대한 많이 가져오는 게 목표였다. 하지만 책이 많아질수록 어떤 책이 좋은지 고르기 어려워지고 산만해 보일 수 있어 고민이었다. 그래서 요즘은 종수를 늘리기보다 콘텐츠 하나하나를 꼼꼼히 소개하려 한다. 손님이 재방문했을 때 새로운 느낌을 받을 수 있도록, 평대에 배열한 책 배치도 매달 바꿀 예정이다. 5월에는 가정의 달을 맞아 인간과 고양이 가족을 위한 책으로 평대를 꾸몄다. 특별히 추천하고 싶은 책에는 자세한 설명을 담은 손편지를 붙여둔다. 매일 새로운 책이 쏟아지는 대형 종합서점과 달리, 고양이 책방처럼 주제가 명확한 작은 책방은 책의 종수로는 큰 서점과 대결할 수 없다. 특히 애묘인 손님과의 인간적인 교류가 중요하다. '여기 주인이 고양이를 정말 좋아하는구나, 나도 고양이 좋아하는데'라는 마음이 곧 단골손님으로 이어지는 계기가 된다.

'고양이 콘텐츠 플랫폼'을 구축하고 싶은 서점

손님의 재방문을 유도하는 전략도 중요하다. 그래서 동숭동으로 이전하면서 책방 면적을 두 배로 늘리고, 서점을 고양이와 관련된 복합문화공간으로 꾸며가고 있다. 매달 고양이 전시를 교체하고, 작가가 주도하는 팝업스토어를 전시 기간 중에 함께 운영한다. 조만간 고양이와 사람이 공존하는 주제의 영화를 선정해 프로젝터로 틀어주는 상영회도 부정기적으로 개최할 계획이다. 지금은 책을 팔기만 하지만, 김 대표는 조만간 고양이 책 출판에도 도전해볼 생각이다. 양질의 고양이 사진집, 펫로스에 대한 책, 그리고 사람이 고양이를 이해하는 데 도움이 되는 내용을 담은 책을 만드는 것이 꿈이란다. "최종 목표는 고양이 콘텐츠 플랫폼이에요. 책이든 전시든, 고양이 하면 슈뢰딩거가 떠올랐으면 좋겠어요. 언젠가 고양이 빌딩을 지어서 책도 팔고 잡화점도 겸하면서, 유기묘 보호소도 운영하고 고양이에 대한 교육도 하고 싶고요. 옥상에는 판옵티콘에서 따온 '캣옵티콘'을 세우고 싶어요. 영화 〈반지의 제왕〉을 보면 고양이 눈처럼 생긴 사우론의 눈이 나오잖아요? 그런 것처럼 '고양이 괴롭히지 마라, 고양이가 다 보고 있다'는 경고를 캣옵티콘으로 전하는 거죠." 김 대표의 꿈을 들으며 평론가 다치바나 다카시의 개인 서재 겸 작업실인 '고양이 빌딩'을 떠올렸다. 2010년 출간한 일본 고양이 여행기 〈고양이, 만나러 갑니다〉(아트북스 펴냄)를 쓰기 위해 도쿄에서 취재하다 이 빌딩을 찾아간 적이 있다. 다치바나 다카시는 지하 2층부터 옥상까지 20만 권의 책으로 가득 채운 이 건물 전면에 검은 고양이를 그려 넣었다. 형형하게 눈을 빛내는 거대한 고양이는 정말로 '내가 다 보고 있어'하는 얼굴로 앉아 있다. 개인 도서관이어서 안에 들어갈 수 없어도, 이 건물은 애묘인과 책 애호가가 찾아오는 도쿄의 관광 명소가 됐다. 그런 고양이 빌딩 하나쯤 갖고 싶은 마음은 애묘인이라면 다 같은가 보다. 우리나라에도 언젠가 생길지 모를 또 다른 고양이 빌딩을 응원해본다. *end*

태어나 처음으로 눈을 보는
아기와 아기 고양이

고양이와
함께하는 가족

세상에서 가장 따뜻한 생명체,
아기와 고양이.

옛날옛날 하늘 고양이가 담배 피우던 시절에,
밤하늘은 온통 까맸었다.
동그란 달님의 얼굴만이 유일한 빛이었다.
달님이 잠을 자는 날이면 그 빛마저 없어
사람들은 두려움에 떨었다.

사람들을 사랑한 천사들은 하늘님 몰래 구멍을 뚫어
밤에도 사람들이 천상의 빛을 엿볼 수 있게 만들었다.
사람들은 그것을 별님이라고 불렀다.
달님도 사람들이 별님을 더 자주 보게 하려고
매일매일 슬며시 얼굴을 돌려 자기 빛을
작게 만들기도 했다.
하늘님도 내심 그런 모습이 좋아 모른 체했다.

사람들은 어둠 속 빛인 달님과 별님을 많이 사랑했다.
밤에 슬픔에 빠진 사람들은 달님과 별님을 보았다.
그러면 달빛과 별빛이 얼굴을 어루만져 주었다.
사람들은 울음을 그치고 미소 지을 수 있었다.
그러나 태양이 비추는 낮이면
그들은 달님과 별님을 볼 수 없었다.
낮에 슬픔에 빠진 사람들은 태양을 보았다.
그러면 태양 빛이 얼굴을 다독였다.
하지만 사람들은 강한 빛에 얼굴이 찡그려졌다.

하늘님은 낮에 슬픔에 빠진 사람들도 달래고 싶었다.
그래서 달님의 동그란 얼굴과
별님의 눈빛을 가진
세상에서 가장 따뜻한 생명체를 땅에 내려보냈다.
사람들은 그들의 얼굴을 보면 모두 미소 짓게 되었다.
그리고 그 생명체를 아기라고 부르게 되었다.

아기는 달님의 마음과 별님의 호기심을 가졌다.
그래서 금세 세상과 사랑에 빠졌고
빠르게 어른이 되어갔다.
하늘님은 다시 고민했다.
그리고 영원히 아기로 사는 생명체를 땅에
내려보내기로 했다.

사람들은 그 생명체를 고양이라고 부르게 되었다.

용감한 육묘 vs 무모한 육아

어미 잃은 너에게 젖을 먹이려면
30분씩 끊어 자야 한다고
누군가 미리 알려주었더라면
너를 맡지 않았을까?

무지개다리 마실 가려는 너를 붙잡으려면
일주일간 널 가슴에 올려놓아야 한다고
누군가 미리 알려주었더라면
너를 포기했을까?

자신이 원하던 고양이가 아니라며
너를 돌려보낼 사람이라고
누군가 미리 알려주었다면
널 아프게 만들지 않을 수 있었을까?

우리와 함께할 수 있는 시간이
한 달 남짓으로 정해져 있다고
누군가 미리 알려주었다면
너에게 정을 주지 않을 수 있었을까?

그러나
너의 부른 배를 보고
편안해 하는 눈빛을 보고
내 목에 파고들어
골골대는 소리를 들으면
이 모든 슬픔이 사라지고
다시 용기가 난다는 사실을,
너를 만나지 않았다면
내 평생 알 수나 있었을까?

너를 만나면
100일 동안은 제대로 자지 못할 거라고
누군가 미리 말해주었다면
너를 만날 것을 후회했을까?

네 등에
땅에 닿으면 우는 버튼이 있단 걸
누군가 미리 말해주었다면
내 팔은 지금보단 덜 두터웠을까?

너를 돌보는 것이
고양이를 돌보는 것보다 서른여섯 배쯤 더 걸린다는 걸
누군가 미리 말해주었다면
널 지금보다 덜 사랑했을까?

너를 돌보는 것이
고양이를 돌보는 것보다 백 배쯤은 더 어렵다는 걸
미리 알았더라도
너를 다시 만나기 위해
몇천 번이라도 환생하고픈
내 마음을 넌 알 수 있을까?

머리가 시킨 게 아니다, 가슴에 속았다

"너도 커서 아이를 낳아봐야 알지." 어머니는 현명하셨다. 마치 커다란 수정 구슬을 들여다보는 마법사처럼 말썽꾸러기 아들의 눈을 바라보며 자주 이렇게 말씀하셨다. 나는 어머니 말씀에 담긴 책망과 전혀 어울리지 않는 어머니의 미소에 어안이 벙벙할 뿐이었다. 그런 모습이 어린 나는 이해할 수 없었다. 그래서 그저 어머니 잔소리 모터에 시동이 걸리지 않기만을 바라며 살짝 움츠러들었다. 그러나 그것도 잠시, 천성이 막돼먹은 녀석이라 '난 나중에 아이 낳고도 다를걸?'하고 삐죽이 혀를 내미는 것도 잊지 않았던 것 같다. 시장이나 학교 앞은 어린이가 그냥 지나가기엔 너무 큰 유혹이다. 그곳에는 작지만, 상설 푸드 코트가 열렸고, 가끔은 동물원도 열렸다. 골판 상자에 담긴 병아리, 강아지들을 보며, '데려다가 키워도 안 혼나려나?'라는 생각을 자주 했다. 그럴 때마다 마법사 어머니는 나를 유심히 내려다보는 듯했다. 아무래도 마법사 어머니는 주문을 걸어놓고 후회했던 것 같다. 어머니는 마법의 저주를 피하고자 모든 물레를 없애버린 이웃 나라 왕의 방침을 따르기로 하셨다. 다산을 기원하는 주문에서 동물은 빼려고 노력하신 것이다. "동물은 안 돼. 넌 알레르기 천식에, 비염까지 있어. 그러니 포기하렴." 그러곤 동물을 키우면 생기는 여러 부작용에 대하여 말씀하셨다. 이미 걸어버린 주문을 바꾸려고 하시니 그때부터 문제가 생긴 것 같다.

내 마음 속에는 다산을 기원하는 마법 주문이 한쪽에 여전히 자리 잡고 있었다. 하지만 정반대로 동물박멸의 과학지식도 다른 한 켠에서 빠르게 자라나기 시작했다. 내 머릿속에서 '동물을 키우면 안 되는 100가지 이유'의 집필을 막 마칠 때쯤, 난 어떤 계기로 고양이들을 눈에 들이게 되었다. 아니 그들은 스르르 내 마음속으로 들어와 제멋대로 자리를 잡기 시작했다. 처음엔 그저 마음 속 작은 구석에서 웅크리고 잠을 잤다. 조금 용기를 얻은 후엔 우다다를 시작하더니 결국엔 커다란 캣 타워도 세우고 그들의 전용 화장실도 만들었다. 그리고는 허락도 없이 내 머릿속 도서관에서 '동물을 키우면 안 되는 100가지 이유'를 꺼내다 모닥불 땔감으로 이용했다. 고양이들이 따뜻해져 골골거리기 시작했고 나는 그것으로도 아주 만족했다. 그렇게 고양이들은 아직 철모르는 청년의 첫 자녀들이 되었다. 그때 느꼈다. 이성으로 따지면 자녀는 못 들이고 못 키운다. 누구라도 저울질해 보면 내 자유가 더 소중하고, 미래에 투자하는 게 더 좋다. 하지만 그래도 또 속고 만다. 머리가 시킨 게 아니고 가슴에 속았기 때문이다. 어머니는 전생에 정말로 집시 마법사였는지도 모른다. 어머니의 주문대로 지금 난 고양이 열아홉 마리, 개 세 마리, 열 살배기 아들 하나와 함께 살고 있다. 그리고 뒤늦게 강력한 주문의 힘에 연신 고개를 끄덕이고 있다. 아들이 속을 썩일 때, 고양이들이 싸울 때 어머니가 나에게 걸어 놓은 마법 주문을 자동으로 되뇌게 된다.

'너희도 커서 아이들을 낳아봐야 알지.' 내 아들과 고양이들의 수정 구슬을 유심히 들여다본다. 그곳에는 맑고 투명한 우주가 통째로 담겨 있다. 한 번이라도 고양이 눈을 깊이 들여다본 사람들은 모두 그 우주를 보았을 것이다. 그리고 그곳엔 나의 말을 이해하지 못한 어린 내가 있다. 순진무구한 그들의 눈을 보니 그만 '풋'하고 웃음이 터져 버렸다. 아! 그래서 어머니는 혼내시면서 미소를 띠셨구나. 무지개별 너머 어머니 마법사님도 이 모습에 만족하지 않을까 싶다. 그분의 주문은 참 현명하다.

사랑을 닮았다

육아나 육묘는 연애 혹은 사랑과 상당히 유사하다. 일단 그런 건 우리에게 존재할 수 없을 것 같은 먼 느낌이 닮았다. 또 신화 속에나 등장할 만한 수많은 아름다운 선입견을 만들어 낸다는 점도 그렇다. 먼저 우리가 은연중에 품고 있는 신화들에 대해서 살펴보자.

1. 몇십 년을 모태 솔로로 지내다 운명의 상대를 만난다?
그런 거 없다. 수백 번의 만남만이 가능성을 높인다. 눈에 불을 켜고 내 묘연을 찾아 인터넷을 뒤져야지. 그냥 걸어가는데 냥줍?(고양이가 안겨 오는 것을 줍는다는 표현을 쓴 것) 그런 거는 텔레비전 드라마에서나 만날 수 있다.

2. 모성이나 부성은 유전이라 아기 혹은 고양이를 만나면 저절로 발휘된다?
아니다. 처절한 잠과의 사투, 함께 하는 똥오줌과의 전쟁을 거친 후 서서히 싹 트는 감정이 모성, 부성이다. 그것은 초기에는 전우애와 더욱 닮았다.

3. 부모님의 반대에도 진정한 사랑이 있다면 이겨낼 수 있다?
글쎄. 예전엔 셰퍼드를 키우면 아기의 폐에 털이 가득 찬다고 뉴스에서 들었다고 하시던 분들이다. 지금은 같은 주장을 단지 고양이 털로 바꿔서 하실 뿐이다. 다만 요즘엔 사람 결혼에 대해서는 좀 더 수용적이신 것 같은 느낌은 든다.

고양이와 아기를 함께 키운다는 것은 몇 차례의 단계를 거치게 되는 것 같다. 우리 아들을 통해서 그 변화를 살짝 살펴보자. 우선 허니문 기간. 허니문 기간은 아기가 태어나고 약 일 년 정도 아기가 홀로 걸을 수 있을 때까지 지속한다. 그 기간에는 동화에서나 나오는 그림들이 꽤 많이 보였다. 서로에게 관심을 보이고 서로를 쫓기에 바쁘다. 고양이가 아기에게 코를 맞추거나 아기가 고양이에게 손을 뻗는다. 아기가 보행기를 타면 고양이들을 졸졸 따라다니는 모습도 쉽게 보인다. 고양이들이 아기에게 더 큰 인내를 보이는 시기이기도 하다. 아기가 무엇이든 입으로 집어넣는 시기에는 침이 꽤 흐른다.

이때 고양이들은 자신의 머리 위로 떨어진 침으로 범벅이 되어도 아기 곁에 머물기도 한다(물론 아빠, 엄마가 감시를 놓쳤을 때 일어나는 불상사다). 아기가 손에 힘이 생기면 고양이 꼬리가 주요한 목표가 된다. 꼬리가 잡혀 소리소리 지르는 장면을 자주 목격할 수 있는데 기껏해야 하악을 날리는 정도가 최고다. 그나마 하악질을 하는 고양이도 그다지 많지 않다. 서로에게 관심이 폭발하는 허니문 기간이 지나면 상황이 점차 달라진다. 아들은 고양이에 대해서 점차 관심이 떨어지기 시작하고, 그것은 유치원~초등학교 저학년까지 가장 두드러졌다. 한 살 남짓이면 걷기 시작하는데 그러자 아들은 "프리덤"을 외치며(?) 세상으로 관심을 넓혀나간다. 다리의 자유가 생겼으니 당연히 외출하고자 하는 욕구가 넘쳐난다. 그러나 외출 고양이의 경우가 아니라면 고양이들은 그저 현관문 앞까지 마중하고 돌아설 뿐이다. 외출을 마치고 돌아오길 목이 빠져라 기다리면(그냥 표현이 그렇다. 고양이들은 보통 안 기다린다.) 아들은 이제 막 얻은 손의 자유를 이용해 그림을 그리기 시작했다. 같이 놀아보고자 고양이들이 붓을 툭툭 치며 '같이 놀아'를 외쳐도, 아들 입장에서는 방해로 느껴질 뿐이다. 그나마 다행히도 아들도 고양이를 닮아 관대한 편이라 이런 고양이 행동에 화를 내는 경우는 적다. 그렇게 시간이 흘러 유치원과 초등학교를 들어가니 아들은 고양이들에게 더 관심을 보이지 않는다. 또래 친구들이 그 자리를 대신하기 때문이다. 사람의 말이 유창해질수록 고양이들과 대화를 나누던 아들의 모습은 종적을 감춘다. 게다가 고양이들과 놀 시간도 부족하다. 요즘 유치원이나 초등학교 하교 시간을 알고서 난 깜짝 놀랐다. 가끔 중학생보다 늦게 오는 유치원생이 있을 정도다. 그래서 고양이들과도 멀어지는 듯했다.

내가 깨닫지 못한 것이 있었다. 사랑은 생각보다 현실적이라는 점이다. 영화에 나오는 그런 강렬한 사랑은 내가 먼저 사절이다. 맨날 반대에 부딪히거나, 연인이 납치되거나, 지구 반대편 혹은 시간대를 거슬러 사랑해야 한다면 그거 피곤해서 못산다. 아깽이들이 심쿵하게 하는 것도 사실이지만, 우리 집 아깽이를 보면서 매일 심쿵한다면 심장마비를 먼저 걱정해야 할 것이다. 아들은 아빠보다 현명하게도 그런 현실적인 사랑을 하고 있었다. 아들에게 고양이들은 이미 형제였고 그래서 특별할 게 없었다. 그러나 또한 형제이기에 없어서는 안 될 존재들이었다. 아들의 사랑은 쿨하지만 변함없는 고양이들의 사랑을 닮았다. 뜻하지 않게 아들이 애지중지하던 고양이가 무지개 다리를 건넌 일이 있었다. 열 살이 된 아들은 지금도 가끔 그 고양이가 떠오를 때면 울음을 터트린다. 고양이에겐 관심도 없어 보이는 아들의 마음속엔 고양이가 항상 존재하고 있다. 물론 아들의 고양이 사랑에 부작용도 있다. 우선 고양이는 당연히 형제로 생각한다는 점. 이것이 무슨 문제냐고? 아들은 고양이와 개는 당연하니, 앵무새와 토끼와 염소를 키우고 싶어 한다. 그리고 키우고 싶은 동물들이 점점 늘어나는 것 같다.

대가족에 대한 부담이 없다는 것도 큰 문제다. "엄마가 힘드니 스무 마리는 넘지 않게 할게"라고 말하고선, 뒤돌아 다음에 만날 묘연 이름을 짓고 있다. 중학생쯤 되면 아들 녀석이 냥줍해 오거나 구조해 오는 것을 보게 될 전망이다. 요즘 아들의 고양이 사랑은 새로 들어온 막내에게 집중되어 있다. 학교 다녀오면 쓰다듬기 바쁘고, 멀리라도 가면 집에 있는 사람에게 막내 고양이 사진을 보내달라고 조르기도 한다. "어이고 예쁜이 그래쪄"라며 혀 짧은 소리로 어르는 것이 제법이다. 대식구 집안은 오늘도 부산하다. 그 안에서 커가는 고양이 형제들과 아들을 보는 것이 내가 얻은 가장 큰 보물일 것이다. 누군가 내게 육아와 육묘를 같이 하는 것에 대해서 어떠냐고 물으면 적극 추천할 것이다. 내가 얻은 보물은 누구라도 얻을 수 있는 보물이라고 생각하기 때문이다. 이런 경험을 나눴으면 한다. 아! 그리고 뒤끝작렬인 내가 잊은 게 있다. 아직도 내가 고양이를 키우는 것을 반대하는 집안 식구들! 내가 이겼소! 우리 아들도 고양이를 키우면서, 다른 동물과도 사랑을 나누면서 살겠다고 하네요. 그 어떤 것보다도 더 큰 승리를 거둔 느낌이에요!

다시 엄마, 다시 아빠

엄마, 아빠 안녕하세요.
저 아들이에요. 저와 약 십 년 동안
함께해 주셔서 감사합니다.
제가 혼자 나가서 선물을 사 드리고 싶은데
용기가 잘 안 나네요.
하지만 나중에 커서 혼자서 선물을
사 드릴 수 있도록 노력하겠습니다.
안녕히 계세요.

전 오빠가 화장실 위에서 기다리다
앞발 젤리로 저를 때리는 게 정말 싫어요.
불안해서 오줌을 눌 수가 없어서
참다 참다 이불 위에다 오줌을 눠요.
오빠 좀 혼내 주세요.

다른 고양이들이 저를 '돼냥이'라고 놀려요.
하지만 저는 편안히 누우면
햇살이 하나 가득 머무는
내 배가 너무 좋아요.
엄마, 아빠가 꼭 끌어안고
한 움큼 주물주물 해 줄 때도 좋구요.
그래서 난 내 배가 좋아요.

제가 밥을 먹을 때마다
막내가 목 밑으로 파고 들어와서
내 밥을 먹어요.
옆 그릇으로 옮겨서 먹으면
다시 쫓아와서 먹구요.
엄마, 아빠
막내는 왜 그러는 걸까요?

엄마, 아빠가 슬플 때
나도 너무 슬퍼요.
어쩔 줄 몰라서
엄마, 아빠의
머리카락이랑 손을
열심히 그루밍하는데
눈물을 그치질 않으시더라구요.
그 때가 가장 말을 배우고 싶었던
순간이었어요.

저는 분유가 좋아요.
여기 와서 처음으로
젖병에 담긴 분유를 먹어 봤어요.
처음에는 어색하고 맛도 달라서
머리를 이리저리 돌리면서
고무 젖꼭지를 씹기만 하고
어쩔 줄 몰랐어요.
하지만 지금은 공중에 꾹꾹이를 하면서도
하나도 남기지 않고
젖병이 찌그러질 정도로
센 힘으로 잘 먹어요.

엄마, 아빠 감사합니다.
저는 엄마, 아빠와 함께 살아서
정말 행복해요. *end*

첫 번째 제안.
고양이의 안전.

고양이는 우리에게 위안과 추억을 선사합니다. 슈바이처는 불행한 삶에서 벗어나는 두 가지 방법을 음악과 고양이라고 했습니다. 세상에 같은 고양이는 없다고 하지요. 대통령의 고양이든 시골 할아버지의 고양이든 모든 고양이는 공평하고도 특별한 이야기를 만들어 줍니다. 〈Dear Cats〉는 우리가 고양이와 행복하게 살기 위해서 어떤 요소가 필요할지 고민했습니다. 그 결과 고양이의 안전이 최우선이라는 결론을 냈습니다.

다만 대상을 집고양이로 한정했습니다. 길고양이는 각자의 영역과 생활 패턴이 다르고 그들의 안전을 위해 우리가 할 수 있는 일은 많지 않아 보입니다. 독자들께서 잘 아시듯 고양이는 소유할 수 있는 동물이 아닙니다. 집사를 사랑하고 집안에서 편안하게 지내던 고양이도 열린 문 틈으로 나가는 경우가 있습니다. 그건 고양이가 평소 집사에 불만이 많았거나 호시탐탐 탈출을 계획한 게 아니라 반려인의 부주의 때문입니다.

집고양이가 길에서 생존할 가능성은 매우 낮다고 알려져 있습니다. 고양이가 집사의 보살핌을 받으며 안전하게 살 수 있는 실질적인 방법을 소개합니다. 고경원 작가는 실내에서 활용할 수 있는 인테리어를, 김하연 작가는 고양이를 잃어버리면 안 되는 이유에 대해 썼습니다. 더 나아가 〈Dear Cats〉는 고양이를 잃어버린 사람들이 쓰는 방법을 알아봤습니다. 물론 고양이를 찾는 데 한계가 있고 호불호가 갈리는 방법들입니다. 고양이 안전을 위한 최선의 방법은 예방이겠지요. 이번 기획이 집사들에게 작은 도움이 될 수 있길 바라며, 부디 안전하게 고양이와 행복하게 살아가시길 기원합니다.

글·사진 ─────────────── 고경원

고양이 안전을
위한 인테리어.

우리 집 안전 지킴이
방묘문과 방묘창.

고양이는 겁도 많지만, 호기심도 많다. 살짝 열린 현관문 틈으로 소리 없이 나가거나, 택배기사에게 물건을 받는 짧은 순간 문틈으로 뛰어나간 고양이를 붙잡아오기란 쉽지 않다. 그래서 방묘문이 꼭 필요하다. 방묘문이 있으면 각종 오물과 세균에 오염된 신발을 둔 현관에서 고양이가 뒹구는 것도 막을 수 있어 유용하다.

아울러 방묘창도 고양이가 있는 집이라면 꼭 갖춰야 할 안전장치 중 하나다. 모기장 앞에 날아든 새나 벌레를 보고 달려들었다가 모기장과 함께 추락하는 경우도 있고, 간혹 얇은 모기장을 찢고 탈출하거나, 모기장을 앞발로 밀어 여는 고양이도 있는 만큼 방심할 수 없다. 애묘인의 집에서 캣 타워보다 필요한 안전 지킴이, 방묘문과 방묘창에 대해 알아보자.

방묘문 만들기에 도전해보자

방묘문은 크게 두 가지로 나뉜다. 첫 번째는 동물병원 입구에서 흔히 볼 수 있는, 높이 1미터 미만의 제품이다. 쇼핑몰에서 '애견 안전문', 혹은 '유아 안전문'으로 검색하면 쉽게 구매 가능하다. 가격도 3~4만 원대로 저렴하며 설치도 간편하다. 대개 벽에 못을 박지 않고 행거처럼 나사를 돌려 간격을 조정하는 방식으로 설치한다. 그러나 고양이는 1미터 정도는 우습게 뛰어넘기 때문에 이 정도 높이의 방묘문은 문이 열렸을 때 갑자기 뛰쳐나가는 것만 방지할 수 있다. 즉 현관문이 열린 채 오래 방치되어 있을 때 고양이의 탈출을 막거나, 높이가 낮은 안전문을 뛰어넘은 고양이가 현관 바닥에서 뒹구는 일까지 막기는 어렵다. 방묘문은 가능하면 현관 입구 전체를 막아주는 크기가 좋다. 만약 현관 전체를 가리는 게 답답해 보인다면 최소 높이는 고양이가 한 번의 점프로 뛰어오를 수 있는 높이 이상으로 만들어주어야 한다.

사진 제공 〈무심한 듯 다정한〉(안나푸르나 펴냄) 정세은 작가

일반 아파트에 설치한 방묘창. 흰색 다이소 네트망을 연결해 창틀에 끼웠다.
바깥 구경을 좋아하는 고양이 안전을 위해 방묘창은 필수다.

1 · 싸고 쉽게, 못 박지 않고 만들려면: 다이소 네트망+케이블 타이

1 재료 구입

다이소 네트망은 다양한 규격의 기성품이 나와 있어 문 너비에 맞춰 제작하기 편리하다. 69×33cm 네트망 9장(개당 2천 원)을 묶어 현관을 막는 방식이다.

여기에 소형 케이블 타이(200개들이 1천 원), 대형 케이블 타이(50개들이 1천 원), 네트망 고정을 위해 필요한 케이블 클립 2세트(개당 1천 원) 정도만 있으면 충분하다. 네트망 연결 고리도 출시되어 있지만, 케이블 타이만으로 고정할 수 있으니 이중지출은 하지 말자.

2 네트망 연결

일반 가정의 천장 높이가 보통 220~230cm이기 때문에, 높이 69cm 네트망 3개를 3단으로 엮어 세우면 높이는 약 210cm 정도, 폭은 약 100cm 정도가 된다. 현관 폭이 이보다 좁을 경우 네트망의 끝부분을 약간씩 겹쳐 묶으면 된다. 겹쳐 묶을 경우 네트망이 접히지 않고 한 장짜리가 되므로, 만약 세로로 접히게 하고 싶다면 네트망을 겹쳐 묶어 폭을 줄이는 대신 네트망 가로 폭이 33cm보다 좁은 제품으로 구성해야 한다.

네트망은 먼저 가로로 3장을 연결하고 이를 1단으로 계산한다. 현관에 들어섰을 때 시야를 가리지 않는 선에서 제작하고 싶다면 2단(네트망 6개)으로, 현관 전체를 안전하게 막고 싶다면 3단(네트망 9개)으로 네트망을 엮어 제작한다.

케이블 타이는 보통 일자형으로 묶기 쉽지만, 용도에 따라 다른 모양으로 묶어주면 좋다. 즉 네트망을 서로 연결할 때 경첩처럼 접히는 자리에는 먼저 가로로 케이블 타이를 묶고, 다시 가운데를 세로로 한 번 더 묶어준다. 이렇게 묶으면 십자형 고리가 되어, 방묘문을 여닫을 때도 연결부가 부드럽게 접힌다.

단단하게 고정해야 하는 자리(1단과 2단, 2단과 3단을 아래위로 연결하는 자리)는 X자 모양이 되게 대각선으로 두 번 교차해서 묶으면 된다. 케이블 타이는 자르면 끝이 날카로우므로 매듭에서 바짝 당겨 자른다. 고양이가 만질 수 없는 문 바깥쪽으로 자른 면을 돌려두면 더 안전하다.

3 네트망 세우기

네트망을 연결하고 나면 현관에 세운다. 한쪽을 고정해야 하는데 세입자라면 벽에 못을 박기가 쉽지 않다. 만약 2단 방묘문으로 제작했다면 케이블 클립 정도로도 고정할 수 있다. 원터치 형식으로 개폐 가능해 외출 시 문을 여닫기 편리하다. 양면에 접착제가 발라져 있으므로 고정하고자 하는 자리에 붙여준다. 2단 방묘문의 경우 좌우 클립 3개씩 총 6개 정도만으로도 고정된다. 3단짜리 방묘문은 좀 더 무거우므로 고정축이 될 부분에는 천장 높이까지 닿는 압축 커튼봉(5천 원)을 세우고, 대형 케이블 타이(50개들이)로 커튼봉에 네트망을 묶어준다.

왼쪽부터 케이블 타이(대, 소), 경첩, 케이블 클립.

고정용 케이블 클립을 벽에 붙이고 네트망을 끼운 모습. 원터치로 여닫을 수 있고, 못을 박지 않아도 고정된다.

네트망 연결 고리. 케이블 타이로 대체 가능하므로 굳이 없어도 무방하지만, 더욱 깔끔한 모양을 원하면 추가로 구입한다.

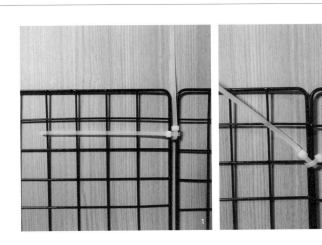

① 십자형으로 묶기: 경첩처럼 여닫는 부분은 가로로 먼저 묶고, 다시 세로로 묶는다.
② X자형으로 묶기: 움직이지 않게 고정해야 할 부분은 X자형으로 조여 묶는다.

① 다이소 네트망 3장짜리 1세트를 2단으로 엮고, 케이블 클립 6개를 양쪽에 붙여 완성한 방묘문. 시야를 완전히 가리지 않으면서, 고양이가 한 번에 뛰어오를 수 없는 높이로 만들었다.
② 방묘문을 열어서 한쪽으로 접었을 때. 좀 더 견고하게 만들고 싶다면, 케이블 클립 대신 압축 커튼봉을 세우고 케이블 타이로 묶어 세운다.

2 · 견고하게 문짝답게 만들고 싶다면: 주문 제작 메쉬망+행거

1 주문 제작 메쉬망으로 만든 방묘문

다이소 네트망을 연결하는 게 번거롭고 더 깔끔한 제품을 원한다면 주문 제작이 있다. 오픈 마켓에서 '메쉬망' 또는 '휀스망'으로 검색하면 기성품 철망을 구할 수 있다. 기성품은 가로의 경우 시중에 30cm, 45cm, 60cm, 90cm, 120cm 단위로 나와 있고, 세로는 보통 60cm부터 90cm, 120cm, 150cm, 180cm 단위로 있다. 일반 가정에서 방묘문으로 쓰기에는 90×180cm(4만3천 원 내외) 한 장짜리가 무난하다. 천장까지 완전히 막고 싶다면 다이소 네트망을 추가로 구입해 윗부분에 묶어준다. 깔끔한 모양을 원한다면 문을 달 곳의 높이와 폭을 잰 다음, 메쉬망 전문 업체에 주문 제작하는 것도 가능하다.

행거를 문틀로 사용하면 못을 박을 필요도 없고, 해체 후 이사할 때도 작업이 간편하다. 사방고정 형식이므로 압축봉과 달리 무게를 못 이겨 쓰러질 염려가 없다. 먼저 흰색 행거를 방묘문을 달아야 할 곳에 세운다. 고정축이 될 기둥과 메쉬망 사이를 케이블 타이(50개들이, 대형)로 묶어주면 경첩 역할을 한다. 케이블 타이는 매듭 끝을 바짝 잘라줘야 날카로운 절단 부분에 고양이 앞발이 다치지 않는다. 문을 여닫는 부분은 벨크로 테이프 또는 트위스트 타이를 이용해 묶고, 드나들 때마다 풀어 쓰면 된다. 취향에 따라 메쉬망 방묘문 앞에 패브릭 포스터를 붙여주면 현관 밖에서 안을 들여다봐도 시야를 차단해주므로 사생활 보호 효과가 있다.

2 메쉬망 2장을 경첩으로 연결한 접이식 방묘문

메쉬망 한 장이 너무 큰 경우, 배송 과정에서 망이 잘 휘기 때문에 설치하면 보기가 좋지 않다. 이런 경우를 대비해 메쉬망을 세로로 길게 2장 구입하고 가운데를 경첩으로 연결하는 방법도 있다. 예컨대 현관 폭 100cm 기준으로 방묘망을 만들 경우, 폭 45cm 메쉬망 2장을 사서 가운데를 경첩으로 연결하고 방묘문을 접어 여닫는 형식으로 만들면 깔끔하다.

블랙 톤 인테리어에 맞춰 검은색 메쉬망을 주문 제작한 조연지 씨의 방묘문이 그런 경우다. 방묘문을 붙일 공간의 너비를 2분의 1로 나눠 세로로 길게 2장을 주문했기 때문에 메쉬망이 휘지 않았고, 사용하면서도 추가로 휠 우려가 없다. 연지 씨 집에서는 벽 양쪽의 몰딩이 두꺼워 행거를 세울 수 없었기 때문에, 압축봉을 가로로 세우고 메쉬망 한쪽 끝 아래위로 나사를 박아 압축봉과 연결했다.

1

① 방묘문을 세울 자리에 행거를 설치한다. 전체가 흰색이면 깔끔해 보여서 좋다.
② 맞춤 제작한 메쉬망을 세우고, 고정축이 될 부분(사진 오른쪽)을 케이블 타이(대형)로 묶어 고정한다.
③ 문을 여닫는 쪽은 트위스트 타이(사진) 또는 벨크로 테이프로 방묘문과 행거 사이를 묶어주면 고양이가 흔들어도 문이 열리지 않는다.
④ 완성한 모습. 메쉬망에 패브릭 포스터를 붙이면 사생활 보호 효과도 있다.

2

① 메쉬망을 세로로 길게 2장 주문하고 가운데를 경첩으로 연결한 방묘문.
② 압축봉(①번 사진 왼쪽 끝) 한쪽 끝과, 메쉬망 한쪽 끝에 구멍을 뚫고 나사로 연결해 고정축을 만들었다.
③ 고정축의 아랫부분. 역시 나사 구멍을 뚫고, 문이 안정적으로 설 수 있게 받침을 달았다.
④ 메쉬망 방묘문 아래에는 바퀴를 달아 부드럽게 움직인다.
⑤ 걸쇠를 달아 편리하게 문을 여닫을 수 있다.

3 · 격자무늬로 인테리어 효과도 좋아: PVC 래티스

1 재료 선택

PVC 래티스는 정원에 많이 쓰이는 격자무늬 울타리로 방묘문 재료로도 쓰인다. 시판 중인 제품은 깔끔한 흰색과 무게감 있는 갈색 두 종류가 있다.

흰색 래티스의 경우 인테리어 효과도 뛰어나고, 방수 재질이어서 물걸레 청소를 하기도 좋다. 격자 크기가 큰 것(70mm)보다 작은 것(30mm)이, 흰색보다 갈색이 조금 더 비싸다.

2 필요 수량 계산하기

방묘문 재료로 많이 쓰는 홈우드 제품의 경우, 래티스 1장(120.6×241.3cm, 장당 4만 원), 4면 마감용 U캡 3개(개당 11,600원)가 필요하다. 몰딩 없이 래티스 1장만으로 방묘문을 만들면, 세로가 길어 문이 휠 수 있으므로 중앙에 디바이더 몰딩(H캡, 개당 13,800원)을 대주면 좋다. 래티스를 세로로 길게 2등분 한 후, 디바이더 몰딩 양쪽에 끼워 전장으로 만들고 U캡으로 막아 마무리한다. 래티스 방묘문은 네트망이나 메쉬망처럼 케이블 타이로 묶어 여닫기 힘들므로 경첩을 달아야 한다.

3 제작 과정

① 방묘문을 달 곳의 크기를 잰다. → ② 측정한 크기보다 사방으로 7mm 작게 네임펜으로 선을 긋는다(U캡 마감을 안 할 경우, 측정 사이즈대로 선을 긋는다) → ③ 선을 따라 톱으로 자른다. → ④ 네임 펜으로 측정한 치수만큼 U캡에 선을 그린다. → ⑤ 몰딩 재단기를 이용해 45도 각도로 U캡을 재단한다. → ⑥ 재단한 래티스와 U캡을 잘 끼워 맞춘다. → ⑦ 드라이버와 나사못을 이용해 래티스와 U캡을 고정한다. 나사못은 2mm 이하(1.6mm 권장)를 쓴다. 나사못은 너무 바짝 조이지 않는다. → ⑧ 완성된 방묘문 측면에 경첩을 단다. U캡 폭이 2cm이기 때문에 경첩도 폭 2cm를 쓴다. → ⑨ 경첩을 이용해 방묘문을 단다. 프레임이 단단할 경우 전동드릴로 미리 구멍을 뚫어두면 편하다. → ⑩ 방묘문 완성

(자료 제공: 홈우드)

TIP **낮은 높이의 원목 방묘문**

고양이 세 마리가 있는 연희동 독립출판서점 유어마인드는
따스한 느낌의 원목 인테리어가 돋보인다.
서점 유리문을 열고 들어서면, 중문 역할을 하는 원목 재질의
낮은 방묘문이 눈에 들어온다.
일반 방묘문의 2분의 1 높이로 제작했기 때문에 시야를 가리지 않으면서
고양이가 열린 문틈으로 튀어나가는 일을 방지해준다.
동물병원에서 많이 볼 수 있는 방묘문 유형이기도 하다.

고양이를 기르는 공간이라면 반드시 방묘문을 설치해야 한다. 방묘문은 고양이의 안전을 위한 최소한의 장치이기 때문이다. 소잃고 외양간 고치는 일이 없도록 고양이를 위한 인테리어에 관심을 가져보자. 내 집에 맞는 문을 기획하여 만드는 재미도 쏠쏠하다. 몰딩 색깔과 집안 분위기와 어울리는 방묘창이라면 전체 인테리어를 해치지 않을 것이다.

다양한 방묘창

방묘창 제작은 방묘문과 재료 면에서 겹치는 부분이 많다. 대중적으로 많이 쓰이는 DIY 재료는 다이소 네트망. 다양한 규격이 나와 있어 창문 크기에 맞게 제작할 수 있다. 네트망을 조립할 때는 방묘문 제작 시 소개한 X자 묶음법을 사용하면 견고하다. 완성한 방묘창은 창틀에 꼭 끼는 느낌으로 치수를 맞춰 끼워야 쉽게 빠지지 않는다. 헐겁게 끼울 경우 고양이가 건드렸을 때 떨어질 수 있다. 창틀에 드릴로 작은 구멍을 뚫어 방묘창과 케이블 타이로 한 번 더 묶어주면 더 안전하다.

철 프레임 또는 나무 프레임에 빈티지 철망 등의 금속 망을 설치해 방묘창을 만들 수도 있다. 금속 망은 흰색 스프레이 페인트를 뿌려주면 방수 효과도 다소 있고, 미관상 아름답게 마감된다. 나무 프레임을 사용할 경우, 바깥으로 향하는 부분에는 실리콘을 발라 방수 처리를 해주면 좋다. 나무틀과 빈티지 철망은 가구 DIY 사이트에서 함께 구할 수 있다.

원목 래티스도 간혹 방묘창에 사용되지만, 습기에 약하고 시야를 많이 가린다는 단점이 있어 대중적으로 쓰이지는 않는 편이다. 단 원목 인테리어를 기조로 한 베란다에는 어울릴 수 있으므로 고려해보자.

DIY를 고집하지 않는다면, 안전방충망 전문 업체에서 판매하는 기성품을 설치하는 것도 한 방법이다. 고구려시스템(kgrsys.com)에서 판매하는 '추락사고 방지용 안전방충망'은 특수코팅 스테인리스 망을 사용해 강한 충격에도 방충망이 파손되지 않고, 잠금장치가 있어 고양이는 물론 어린이의 추락사고를 막아준다. *end*

1. 다이소 네트망

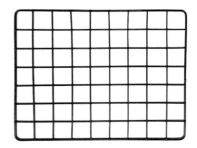

2. 원목 래티스

3. 원목 프레임+육각망

④, ⑤ 빈티지 철망과 금속 프레임으로 만든 방묘창. 빈티지 철망은 가구 DIY 사이트에서 쉽게 구매 가능하다.
⑥ 다이소 네트망으로 방묘창을 제작한 후, 원룸형 아파트 이중창 틈새에 끼워 설치했다.
네트망은 한 색깔로 통일하지 않고 다양한 색깔을 매치해도 경쾌한 느낌이 든다.

집고양이가
집을 떠나면 일어나는 일

당신은 절대 고양이를
잃어버리면 안 된다.

고양이 사진과 영상을 보면서 위로받는 사람이 많다. 직접 키우는 고양이 사진을 올리는 사람도
있고, 고양이를 키울 수 없는 랜선 집사들은 '나만 고양이가 없어' 투정을 부리면서도 예쁘고 귀
여운 고양이 사진을 올리고 위로 받는다. 그런 사진만큼 끊이지 않고 올라오는 사진이 있다.
바로 잃어버린 고양이를 찾는 전단이다. 전단이 올라오면 걱정해주며 꼭 찾으라는 응원 글이 달
린다. 하지만 응원만으로 고양이가 돌아오지 않는다. 잃어버리기 전에 조심하는 게 상책이다.
조심하기 전에 왜 당신이 고양이를 잃어버리면 안 되는가를 이야기하려 한다.

고양이는 영역 동물이다

고양이는 자신의 영역이 있다. 집에서 산다는 건 집을 영역으로 뒀다는 뜻이다. 그 영역에서 먹고 자고 배설하는 장소를 정해놓고 살아간다. 끊임없이 자신의 체취를 묻혀놓고 맡으며 자기 영역임을 확인하고 안심하며 산다. 그런 고양이가 밖으로 나간다는 건 영역 밖으로 나갔음을 의미한다. '나간다'는 자발적인 의미고 어떻게 보면 '내쫓긴다'는 말이 어울릴지도 모르겠다. 물론 밖으로 나가는 걸 아무렇지 않게 느끼는 고양이도 있겠지만 극소수다. 대부분의 고양이는 문밖을 나서는 순간부터 정신이 혼미해진다. 호기심에 나왔든 실수로 나왔든 영역에서 벗어나면 낯선 공간과 체취 때문에 극심한 두려움에 빠진다. 이때 진정하면 좋겠지만, 숨을만한 장소를 찾는다면 뒤도 돌아보지 않고 달려가기 마련이다. 그런 경우 백이면 백, 고양이는 영역을 잃어버린다.

고양이는 개가 아니다

개는 집을 나가도 돌아온다. 어릴 때 키우던 차돌이는 아침에 나가면 저녁 늦게 집으로 들어오곤 했다. 어떨 때는 며칠 있다가 돌아왔다. 개장수에게 팔려간 개가 몇백 킬로미터 떨어진 집으로 돌아오는 뉴스도 가끔 듣는다. 개는 귀소 능력이 있다. 그러나 고양이는 개가 아니다. 고양이는 집을 찾는 능력이 거의 없다. 영역으로 돌아가는 문이 닫히면 어디가 집인지 모르기 때문에 돌아갈 수 없다. 가끔 고양이를 잃어버린 분을 보면 문을 열어 놓고 고양이가 평소 가지고 놀던 장난감이나 방석을 문 앞에 놔둔다. 고양이가 멀리 가지 않았으면 냄새를 맡고 돌아오길 바라는 희망을 품고 선택하는 방법이지만 고양이가 돌아오는 경우는 거의 없다. 그래서 고양이 산책은 위험한 행동이다. 집 밖은 길고양이 영역이다. 그것도 아주 많은 숫자의 길고양이 영역이다. 그곳을 담담하게 산책을 할 수 있는 고양이는 드물다. 담벼락, 모퉁이, 전봇대마다 길고양이가 영역 표시로 뿌려놓은 체취가 있는 곳을 굳이 당신의 고양이가 걷고 싶을까?

고양이는 연체동물이다

SNS에 고양이와 산책하는 동영상을 올리는 사람들이 생기면서 산책냥이에 관심을 가지는 사람도 늘어났다. '산책냥이'는 고양이와 사는 사람들에게 부러움의 대상이다. 자연히 고양이와 산책을 시도하는 사람도 늘어났다. 동시에 산책냥이에 대한 걱정과 우려도 커지면서 종종 댓글로 다툼이 생겼다. '내 고양이는 괜찮으니 상관하지 말라'고 핀잔을 주는 것으로 다툼이 끝나기도 했다. 그런데 산책냥이가 얼마나 위험한지 확인하는 데, 얼마 걸리지 않았다. 고양이와 산책하던 사람 중 많은 이가 고양이를 잃어버렸다는 글을 올렸기 때문이다. 왜 그럴까? 고양이는 목만 빠져나갈 공간이 있으면 몸 전체가 빠져나갈 수 있을 만큼 유연하다. 오죽하면 고양이를 연체동물이라고 했을까.

산책 중에 동네 왕초 고양이라도 만나서 위협받았을 때 고양이가 달아나려고 한다면 목줄은 소용없다. 이런 일이 빈번해지자 수만 명의 회원이 있는 고양이 관련 페이스북 페이지에서 산책냥이 영상을 올리는 것을 금지했다. 고양이 산책은 고양이를 개처럼 생각해서 하는 행위로 집사만을 위한 일이다. 고양이 외출용 가방 중 볼록한 투명 창이 있는 가방이 왜 만들어졌는지 생각해 보기 바란다.

길고양이와 집고양이는 다르다

길고양이가 집에 들어오면 집고양이가 돼서 편하게 산다. 하지만 집고양이가 길을 잃거나 버려져 길고양이가 되면 목숨이 위험해진다. 길고양이와 집고양이는 삶의 방식이 다르다. 집고양이는 연중 일정한 온도의 집에 살면서 그릇에 담겨 있는 먹이를 먹고 집 안 어디에나 누워 편하게 잠을 잘 수 있다. 반면 길고양이는 춥고 덥고 비 오고 눈 오는 것을 다 겪으면서 허기진 배를 채우려 쓰레기를 뒤져야 하고 사람들 눈에 띄지 않은 구석진 곳을 찾아야 눈을 붙일 수 있다. 치명적인 문제는 집고양이는 먹이 구하는 법을 모른다는 거다. 어떻게든 먹을 것을 구한다고 하더라도 길고양이와 싸움이 기다리고 있다. 길고양이의 영역 다툼은 목숨을 걸어야 하기에 집고양이는 상처 입을 수밖에 없다. 이 모든 것을 이겨내고 길에서 살아남는 고양이는 일부다. 게다가 길고양이 평균 수명은 2~3년에 불과하다. 그러니 집고양이는 잃어버리지 않아야 한다. 겨울에는 더욱 조심해야 한다. 길고양이는 겨울이 오면 짧은 털이 더 나고 몸의 지방 비율을 늘리면서 추위에 대비한다. 겨울에 만나는 길고양이 중 뚱뚱하다 싶을 정도로 살찐 고양이는 월동 준비를 철저히 한 경우다. 그런데 집고양이는 어떤가? 겨울이 오면 집사가 알아서 집 온도를 올리고 이불이나 장판을 준비한다. 집고양이가 집에서 나간다? 한겨울이라면 하루도 못 버틸 수도 있다. 밥을 먹고 나가는 것도 아니고 옷을 껴입고 나가는 것도 아니기 때문이다. 몇 년 전 영하 13도의 날씨에 조카가 문을 열어주는 바람에 집을 나갔던 고양이가 하루 만에 길고양이 밥자리 근처에서 죽은 채로 발견됐다. 딱 하루 만에 말이다.

고양이는 일곱 살 어린이다

고양이와 살기로 했다면 일곱 살 정도의 지능을 가진 아이를 돌본다는 각오가 필요하다. 먹이, 놀기, 자기, 배설까지 하나하나 보살펴야 한다. 그래서 '집사'라는 호칭도 생겼다. 하나부터 열까지 보살피며 챙겨줘야 하니까. 고양이를 잃어버린다는 것은 이유야 어찌 되었건 집사 책임이 백 퍼센트라고 생각한다. 조심해서 나쁠 건 없다. 길게 썼지만 같은 말을 여러 각도에서 설명하려고 했다. 이건 충고나 조언이 아니다. 간곡한 부탁이다. 고양이에 대한 편견이 존재하고 학대 사건이 빈번한 우리나라에서 고양이를 잃어버리는 건 그 고양이의 목숨이 위태로워짐을 의미하기 때문이다. 조심 또 조심해 주길 바란다. *end*

고양이를 위한
인테리어

벽, 천장, 베란다
-죽은 공간의 되살림.

**천장과 벽처럼 평소 사람이 쓰지 않는 공간을 활용해 고양이를 위한 공간을 만들어줄 수 있다면?
고양이를 위한 베란다 화장실, 캣 도어, 캣 타워까지 손수 제작한 마이도르 조연지 대표에게
DIY 인테리어 노하우를 배워보자. 아울러 전문 시공업체 플레이캣 양종석 대표에게서 천장·벽
놀이터의 모든 것을 들어본다.**

───

셀프 인테리어 · **DIY 캣 워커와 캣 도어**　　　　　　　　　　　　　　　조연지(마이도르 대표)

반려묘와 현재 하는 일 소개를 부탁드린다.

재돌이는 18개월 된 고양이다. 지인의 고양이가 새끼를 네 마리 낳았을 때 유독 한 마리
가 눈에 띄어 데려왔다. 입양 전에 남편과 함께 고양이 알레르기 검사도 받았다. 입양은
평생 가족이 되겠다는 약속이기에, 그만큼 신중하게 준비해야 한다고 생각했다. 현재는
반려묘와 반려인의 라이프 스타일 셀렉트 숍 마이도르(www.midorr.kr)를 운영하고 있다.
반려묘와 함께하는 '집'이라는 공간이 보다 조화를 이루기를 바라며 시작했다. 수익금
일부는 길에서 생활하는 아이들을 위해 기부한다.

셀프 인테리어 시 신경을 쓰는 부분이 있다면?

기왕이면 우리가 생활하는 공간의 인테리어와 어울리기를 원했다. 크게 세 가지를 생각
했다. 실용적일 것, 보기 좋을 것, 완성도가 미흡하지 않을 것. 비전문가가 100% 셀프로
제작하면 완성도를 높이기 어려우므로 기성 제품을 활용해 아이디어를 구상했다.

4단계 캣 워커를 DIY로 만들게 된 동기는 무엇인가?

언젠가부터 재돌이가 싱크대 위에 자주 올라가기에, 살펴보니 싱크대가 우리 집에서 가
장 높은 곳이었다. 높은 곳을 좋아하는 고양이가 올라갈 곳이 마땅치 않은 게 아쉬웠다.
처음엔 캣 타워를 떠올렸지만 부피가 컸고 마음에 드는 디자인도 없었다. 무엇보다 '공
간을 넓게 쓰자'는 것이 평소 생각이어서 캣 워커를 제작하게 되었다.

캣 워커 제작 시 사용한 재료는?

캣 워커 제작을 위해 구입한 제품 명과 가격은 다음과 같다. 이케아 EKBY STÖDIS 브래킷(17×17cm) 8개(개당 1,500원), EKBY HEMNES 선반(79×19cm) 3개(개당 14,900원)를 구입해 총 4단계 캣 워커로 구성했다. 선반 길이는 1, 2단 40cm, 3단 40cm, 4단 79cm로 달리해 변화를 줬다. 설치하기 전에, 전체 간격과 느낌을 확인할 수 있도록 벽에 마스킹 테이프를 붙여 높이와 간격을 확인했다. 설치 후에 재돌이가 맨 위층에서 놀다가 떨어지는 바람에, 문고리닷컴(www.moongori.com)에서 '데일리 수건걸이大(8,400원)'를 구입해 안전 바를 추가로 만들어주었다.

베란다를 고양이 화장실로 꾸민 인테리어가 돋보인다.

원래 화장실을 거실 끝에 두고 사용했지만 재돌이가 자라면서 대소변 냄새가 심해졌다. 날씨가 추우면 환기도 어려워서, 고민 끝에 베란다에 화장실을 두고 바닥에 데크를 깔아 재돌이만의 공간을 만들었다. 데크는 이케아 플로어 데크(RUNNEN)인데, 1세트에 30×30cm 데크 9개가 들어 있다. 1세트에 19,900원이고 총 30개를 사용했다.

베란다 캣 도어 제작 과정과 주의점은?

베란다와 거실 사이 여닫이문은 따로 보관하고 문짝(75,000원)을 새로 사서 캣 도어로 달았다. 재돌이가 베란다를 자유롭게 드나들 수 있게 하기 위해서다. 문짝 아래에서 10cm 띄운 자리에 원형 톱으로 캣 도어를 장착할 구멍을 뚫고, 앞뒤 네 귀퉁이를 나사로 고정하면 된다. 캣 도어는 구입 전에 꼭 제품 두께를 보고 문짝 두께와 맞는지 확인해야 한다. 나는 중고나라에서 Whitelotous사의 제품을 싸게 구했지만, 아마존(amazon.com)에서 Lockable Safe Flap Door로 검색해도 다양한 제품을 볼 수 있다.

← 검은색 인테리어와 검은색 고양이가 잘 어울린다. 고양이에게 방묘창이나 방묘문은 안전을 위한 최소한의 장치다. 고양이와 집사가 함께 행복해지는 안전 인테리어를 구상해보자.

현재 하는 일과 반려묘 소개를 부탁드린다.

유기묘 쫑이를 첫째로 입양하며 고양이에 대한 인식이 긍정적으로 바뀌었고, 고양이 놀
이터를 만드는 플레이캣(playcat.kr)을 시작했다. 쫑이가 심심할까 봐 둘째 난이를 데려왔
는데, 중성화 시기가 늦어 다섯 아이가 생겼다. 막내는 몸이 약해 별이 되었지만 작업실
에 찾아온 길고양이 레이가 막내가 되어 현재 6묘 집사로 살고 있다. 여섯 아이들 덕분에
매일 새로운 아이디어를 생각하며 즐겁게 일하고 있다.

천장·벽 놀이터의 장점이 궁금하다.

고양이는 자기 영역 중 가장 높은 곳에 있을 때 최상의 안정감을 느끼므로, 천장은 고
양이가 놀고 쉬고 경계하기 좋은 장소다. 또한 사람이 쓰지 않는 곳이기에 공간 활용 면
에서도 좋다. 천장 놀이터의 경우 수직운동만 가능한 캣타워보다 더 넓은 곳을 돌아
다닐 수 있어 고양이의 스트레스 해소에도 좋다. 고양이와 개를 같이 키울 경우, 정적
인 고양이가 동적인 개 때문에 스트레스를 받을 수 있는데 이때 천장이나 벽에 놀이터
를 설치하면 동선을 분리할 수 있다. 반려인 입장에서는 고양이의 귀여운 모습을 다양
한 각도에서 볼 수 있어 즐겁다. 구름다리나 투명 터널을 설치하면 고양이가 지나가는
모습을 올려다볼 수 있고, 투명 해먹에 고양이가 몸을 말고 누워 있을 때는 발바닥까지
볼 수 있다.

벽 놀이터를 설치할 때 특별히 고려하는 것이 있다면?

고양이는 높은 곳을 잘 뛰어 올라간다. 그런데 사람과 마찬가지로 관절은 많이 쓸수록
빨리 닳는다. 관절을 많이 쓴 아이들은 나이가 들수록 바닥에서만 생활하게 될 확률이
높다. 그래서 벽에 놀이터를 설치할 때는 고양이가 뛰지 않고 걸어서 올라갈 수 있는 간
격으로 시공하는 게 좋다. 나이가 들어서도 튼튼한 관절을 유지할 수 있도록 배려하는
인테리어가 필요하다.

← 좁은 공간을 알차게 활용한 인테리어. 평소 집사가 쓰지 않는 공간을 고양이가 활용할 수 있도록 구성했다.
  집사가 고양이를 잘 볼 수 있는 범위에서 안전하게 놀 수 있도록 배려한 점이 돋보인다.

설치 전후 안전 관련 주의사항은?

오래된 집은 벽이 시멘트나 벽돌이어서 해머 드릴만 있다면 시공 가능하다. 그러나 요즘은 단열과 방음을 위해 콘크리트 위에 석고보드 시공을 많이 하므로, 일반 석고 나사가 아닌 석고보드용 특수 나사를 써야 한다. 석고보드 시공의 경우, 나사 1개 당 하중을 10kg로 보고 특수 나사 3~5개를 사용하므로 안전하중은 나사 개수에 따라 20~30kg이다. 콘크리트 벽 시공의 경우 매우 튼튼하게 고정되므로 모든 면적에 고양이가 다 올라가도 안전하다. 천장 시공은 조명용 전선이 있어 시공 시 벽보다 위험하므로 가급적 전문가의 출장 시공을 권한다.

놀이터 설치 후 유지 관리, 이사 시 주의점은?

벽과 천장의 놀이터를 청소할 때는 흔들리지 않는 의자나 사다리를 밟고 올라가야 한다. 천장과 석고보드 벽에 고정한 제품은 고양이 무게는 견딜 수 있지만, 사람이 손으로 짚거나 체중을 실으면 안전하중을 넘겨 파손될 위험이 있다. 세입자의 경우 고양이 놀이터 설치 전에 집주인의 동의를 받아야 추후 문제가 없다. 시공 시 벽과 천장에 구멍이 생기므로, 이사할 때 도배를 해주고 나가는 것이 좋다. *end*

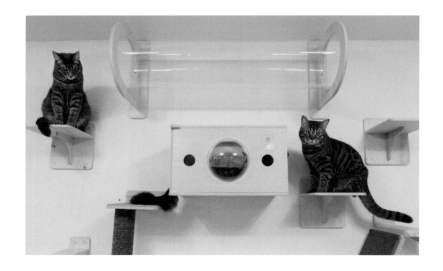

높은 곳을 좋아하는 고양이에게 안전한 선반은 좋은 놀이터다. 튼튼하게 시공하여 고양이 안전에 만전을 기하자.
세입자의 경우 집주인과 먼저 협의하고 설치하는 게 좋다.

죽은 공간이었던 천장에 고양이 놀이터를 만들면, 집에서 높은 곳에 있을 때 자신감을 느끼는 고양이의 마음을 만족시킬 수 있다. 투명 해먹을 통해 고양이의 발바닥과 눌린 뱃살 등 평소 보기 힘든 귀여운 부분을 관찰할 수 있기에 반려인도 즐겁다.

고양이
가구 이야기

고양이와 사람이 함께 쓰는
다용도 캣 퍼니처.

10여 년 전만 해도 고양이 전용 가구라면 밍크 털 캣 타워나 캣 하우스 정도가 고작이었다. 인조
밍크와 합판으로 뼈대를 만든 중국제 캣 타워는 덩치가 커서 좁은 집에선 애물단지였고, 오래
쓰면 먼지투성이가 되기 일쑤였다. 밍크 털 캣 타워가 퇴장한 자리에 새롭게 등장한 '2세대 캣
퍼니처'로 원목 캣 타워와 캣 폴 등이 유행했다. 집에 두는 것만으로도 인테리어가 완성되는 원
목 캣 타워는 애묘인에게 선망의 대상이었다. 그러나 최근 미니멀 라이프를 삶의 태도로 받아들
이는 이들이 점차 늘면서, 고양이와 사람이 함께 쓸 수 있는 다용도 캣 퍼니처가 주목받고 있다.
좁은 실내에서도 공간을 여유롭게 활용할 수 있고, 인테리어 요소로도 좋은 다용도 캣 퍼니처
를 소개한다.

취재 협조·노트앤고펫, 쿠나스, 위드인디자인 (가동욱)

숨바꼭질 본능 충족시키는 프리미엄 가구, 다그 캣 퍼니처

고양이 세 마리를 키우는 집사로서, 이들과 교감하면서 사람과 고양이 모두를 만족시키는 반려동물 가구를 디자인하고 싶었다. 다그 캣 타워는 몸을 숨기기 좋아하는 고양이의 심리를 반영한 프리미엄 캣 퍼니처이다. 높이가 다른 발판을 앞판 뒤에 지그재그로 부착해 공간 노출을 최소화했고, 빗금형 구멍과 트인 옆 부분을 통해 고양이가 노는 모습을 볼 수 있다. 최고급 벨기에산 자작나무를 천연 오일로 도장해 환경친화적이며, 인테리어 요소로도 잘 어울린다. 다그 캣 하우스는 정면 구멍으로 반려인과 고양이가 서로를 바라보며 교감할 수 있다. 상단에는 집사용 물건이나 고양이 밥그릇 등 물품을 보관할 수 있다.
— 구자빈, 노트앤다그펫(romantic-board.com) 기획자

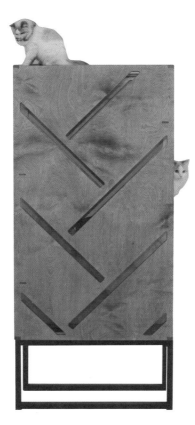

다그 캣 하우스   다그 캣 타워

미니멀 라이프를 위한 사이드 테이블, Y. 해이블

집에서 고양이를 키우다 보니 캣 타워, 해먹, 하우스, 침대 등 고양이 가구를 여럿 갖추게 되었다. 하지만 집이 크거나 고양이 방을 따로 마련한 가정이 아니면 고양이 가구를 사람 가구와 같이 쓰는 것은 공간상 부담스럽기 마련이다. 요즘 많은 이가 미니멀 라이프를 실천하고 있는데 나 역시 그렇다. 그래서 자리를 많이 차지하는 책상을 버리고 작은 테이블을 만들었다. 기왕이면 테이블 아래 고양이가 들어가 쉴 수 있으면 더 좋겠다고 생각했다. 그렇게 탄생한 것이 Y. 해이블이다. 해먹 천을 고정하는 대신 고리로 탈·부착할 수 있게 했고, 쓰지 않을 때는 테이블 다리를 접어 보관할 수 있도록 접이식 프레임을 도입했다.
— 송재윤, 유너스(storefarm.naver.com/yun_us) 대표

집사 4호

스툴 겸용 캣 하우스

책꽂이와 캣 타워를 하나로, 집사 시리즈

위드인디자인의 사명은 'With+人, Design'이다. 사명에서 알 수 있듯 사람과 동물이 조화롭게 공존하는 세상을 꿈꾸는 기업이다. 우리는 고양이를 위한 원목 캣 타워를 만들면서, 친환경적이고 고급스러운 원목 소재를 적용해 사람도 함께 사용하면 좋겠다고 생각했다. 그 첫 프로젝트가 책장형 캣 타워 '집사 시리즈'이다. 집사 1호는 사다리꼴 캣 타워와 책꽂이를 결합하고 한쪽 측면에 카펫 재질의 스크래처를 부착했다. 이를 시작으로 캣 타워, 책장, 파티션을 겸한 집사 2·3호, 고양이가 오르내리기 적당한 낮은 계단을 책장에 추가한 집사 4호까지 출시했다. 후속작인 스툴 겸용 캣 하우스는 사람이 쓰는 의자이면서 아래 구멍을 뚫어 고양이가 안심하고 잘 수 있다.
2016년 12월 중순에 국내 최초로 국회의사당에 설치할 길고양이 급식소 제작을 의뢰받았을 때, 이 캣 하우스를 급식소 디자인에 응용하기도 했다.
– 박효순, 위드인디자인(withindesign.co.kr) 대표

테이블 속에 고양이 터널이 쏙! 캣월드 고양이 테이블

고양이와 애묘인이 함께 사용할 수 있는 창의적인 가구는 없을까? 캣월드 테이블은 이런 질문에서
출발했다. 사람 곁에 있고 싶어 하는 고양이는 더없이 사랑스럽지만, 책상 위에서 우다다 달리다
가 컵을 엎지르거나, 노트북 전원을 무심코 눌러 꺼버리는 등 말썽을 부릴 때면 난감하다. 이러한
문제를 해결하는 것이 캣월드 테이블이다. 책상 상판 아래 미로 구조를 만들어 고양이가 숨바꼭질
할 수 있도록 했다. 고양이는 집사의 일상에 방해되지 않으면서 창의적으로 놀 수 있고, 반려인과
언제나 함께 있을 수 있다. 이 테이블은 상·하단 분리 구조여서 내부 청소와 청결 유지도 수월하
다. 낯선 손님이 찾아오면 겁먹고 숨어버리는 고양이에게 피난처로도 유용한 구조다.
주문 시 애쉬우드와 자작나무 중 재질을 선택할 수 있고, 테이블 다리 길이에 따라 책상 겸 식탁(다
리 50cm), 소파 테이블(다리 30cm), 티 테이블(다리 13cm)로 용도를 달리할 수 있다.
– 이종철, ㈜홍옥(dashopmall.co.kr) 대표

자작나무(원형) 소파 테이블

애쉬우드(사각) 소파 테이블

도서 리뷰

고양이를 위한 인테리어,
책으로 배워볼까?

반려동물과 함께하는 인구가 1천만 명을 넘으면서 관련 산업도 가파르게 성장하는 추세다. 이런 흐름에 발맞춰 고양이를 위한 인테리어에 대한 관심도 늘고 있지만, 국내 출판계에서는 '반려동물 전문'을 표방하는 인테리어 서적을 찾기 어렵다. 하지만 애묘인을 대상으로 한 DIY 실용 서적으로 폭을 넓혀 보면 참고할 만한 내용이 곳곳에 숨어 있다. 고양이의 행복과 안전을 위한 인테리어에 도움이 될 책을 소개한다.

"세계의 고양이 인테리어 아이디어 엿볼까?"

세상 그 어디에도 없는 강아지와 고양이를 위한 인테리어 | 푸르름 펴냄 | 15,000원

일본의 건축·디자인 전문 출판사 엑스날리지(X-Knowledge) 편집부에서 엮은 반려동물 인테리어 화보집. 크게 룸(ROOM)과 카탈로그(CATALOGUE) 두 장으로 내용을 나눠 수록했다. 프랑스 파리, 영국 런던, 이탈리아 밀라노, 네덜란드 바세나르, 미국 뉴욕, 오스트레일리아 시드니, 일본 도쿄 가정의 감각적인 반려동물 인테리어를 감상할 수 있어 즐겁다. 실내 사진과 함께 반려동물의 간단한 인적사항을 적은 것이 재미있다. 고양이가 드나들 수 있는 통로, 고양이를 위한 다락방, 가구나 벽 틈새 같은 죽은 공간을 활용한 인테리어 등 아이디어를 얻는 데 참고할 만하다. 단 실용적인 제작 정보가 없는 화보 중심의 책인 점은 고려하자. 사이사이에 스페셜 화보와 파리의 반려동물 편집 매장, 고양이를 구하는 하우스 보트 등 토픽 항목을 넣어 흥미롭게 구성했다.

"갖고 싶던 고양이 용품, 직접 만들래"

고양이와 집사를 위한 핸드메이드 소품 | 니케 펴냄 | 17,000원

멋진 고양이 용품이나 가구도 내 고양이 성향에 맞지 않는다면 무용지물. 이 책에서는 고양이 용품과 사람용 생활 소품 38가지 제작법을 소개하고 있다. 우리 집 고양이를 위한 맞춤 선물을 손수 만들어주고 싶은 사람을 위한 DIY 안내서인 셈이다. 수록 내용 중 셀프 인테리어에 참고할 만한 부분은 '나무로 뚝딱 뚝딱, 튼튼한 고양이 용품' 장에 소개된 패브릭 소품과 원목 가구 제작법. 캣 워커를 만들 때 고양이 가슴넓이보다 5cm 넓게 제작하라는 팁 등은 매우 유용하다. 캣 타워나 캣 워커처럼 익숙한 고양이 용품 외에도 프로방스풍 냥이 식탁, 타일 매트, 해먹, 아지트형 계단, 냥이용 펜션 등 한번쯤 만들어보고 싶은 가구들이 가득하다. 직접 만들어볼 수 있게 각 부품 치수와 제작 과정 일러

스트 및 사진까지 상세하게 실었다. 완성된 제품을 즐겁게 사용하는 저자의 반려묘들 사진을 구경하는 것만으로도 흐뭇한 책이다.

"안전한 인테리어, 고양이를 알아야 가능하지"

도해로 읽는 고양이 생활백과 | 보누스 펴냄 | 12,000원

앞서 소개한 두 권의 책이 아이디어와 실용성 면에서 추천할 만하다면, 이 책은 고양이용 인테리어를 고려할 때 '고양이의 행동심리'와 '안전' 면에 초점을 맞췄다. 인테리어 실용서는 아니지만, 단순히 아이디어를 얻거나 제작 노하우를 배우는 것보다 중요한 '고양이 공부'를 바탕에 깔고 있는 책이다. 고양이의 행동심리를 알고 고양이가 편하게 느끼는 동선을 구획하거나, 혹은 고양이에게 위험한 인테리어를 피할 수 있으려면 먼저 고양이를 알아야 하기 때문이다. 총 5장의 구성 중 일독을 권하는 부분은 4장 '집고양이와 생활하는 방 만들기'이다. 이 장에서는 "고양이는 점프와 착지, 빨리 달리기, 기어오르기를 즐기는 동물"이란 점을 고려해 고양이를 위한 실내 가구 배치, 안 쓰는 물건으로 고양이 운동 기구 만들어주기 등을 제안한다. 또한 고양이의 사고가 자주 발생하는 장소에 대한 안내와 대처법도 제시한다. 고양이에게 위험한 요소를 제거하거나 피하는 인테리어 고안에 도움이 될 것이다. 고양이 금지구역, 고양이에게 꼭 필요한 생활 공간도 알아보자. 절판되어 아쉽지만, 중고책은 알라딘 온라인서점 등에서 쉽게 구할 수 있다. *end*

집 나간
고양이 찾는 법

고양이를 찾을 수도 있는
몇 가지 방법.

이사하느라 정신없이 분주할 때, 손님을 맞으러 잠깐 문을 연 사이, 문 앞에 앉아있는 고양이를 보고 어린 조카가 문을 열었을 때 사건사고가 일어난다. 고양이가 문밖으로 뛰어나간 이후 집사가 그 고양이를 다시 볼 확률은 낮다. 그러나 운이 좋으면 다시 찾을 수도 있다. 여기 잃어버린 고양이를 찾는 방법을 소개한다.

반려동물 인식표

2017년 4월 이정미 정의당 의원, 박완주 더불어민주당 의원 등은 민법 개정안, 동물보호법 개정안을 제출했다. 이 의원은 동물이 물건이 아님을 주요 내용으로 한 민법 일부 개정 법률안을 대표 발의했다. 현행법에 따르면 동물은 물건으로 여겨 동물 학대로 인한 처벌과 손해배상 수위가 낮다. 2016년 4월 끓는 물로 고양이 6백여 마리를 죽인 가해자에게 집행유예가 선고된 것도 그 때문이다. 한편 박 의원은 동물보호법 개정안에 반려동물 식별장치를 내장형 마이크로칩으로 일원화하는 내용을 담았다. 인식표는 잃어버린 반려동물을 찾을 수 있는 방법 중 하나인데 이 등록제는 2008년부터 시범 운영됐다. 지금은 내장형 무선식별장치 삽입, 외장형 무선식별장치 부착, 등록 인식표 부착이라는 세 가지 방법이 있다. 외장형 스마트 인식표의 경우 스마트폰으로 동물 정보를 확인할 수 있다. 그러나 이 방법은 낯선 사람을 잘 따르는 개에게는 어느 정도 효과가 있지만, 고양이는 인식표로 찾기가 쉽지 않다. 일단 고양이를 손에 잡아야 인식표를 식별할 수 있기 때문이다. 외형적으로 보이는 인식표는 멀리서도 집고양이임을 알 수 있으니 내장형과 외장형 두 가지 모두 고려해봐야 한다.

GPS, 위치추적기

'펫코노미'라는 경제 용어가 생길 만큼 반려동물 사업 규모가 커지고 있다. 이를 반영하듯 세계 최대 IT 가전 전시회 CES에서는 매년 반려동물 관련 IT제품을 만날 수 있다. 지난해에는 오스트리아 '트랙티브'라는 기업에서 동물용 웨어러블 기기를 선보였는데 GPS 기능을 내장한 칩, 심장박동 및 호흡을 측정하는 기기 등이 눈에 띈다. 시중에는 위치추적기 제품이 많아 어렵지 않게 구매할 수 있는데 문제는 비용과 만듦새다. 국산 제품은 선택의 폭이 좁고 심카드 위치추적기는 비용이 부담스럽다. 이에 많은 집사가 제품 동영상을 찾아보고 해외 제품으로 눈을 돌리고 있다. 대부분 위치추적기는 고양이 전용이 아니라 어린이, 강아지, 물건 등 적용 대상이 다양하다. 그렇기에 크기나 모양이 고양이에게 적합하지 않은 경우도 있고 위치가

지도의 한 부분에만 표기되어 상세한 지점은 잘 알 수 없다. 위치추적기를 단 고양이를 잃어버렸다면 대략적인 위치까지 찾아가서 평소 좋아하는 물건과 간식으로 찾는 게 좋다. 어찌 되었든 위치추적기는 현실적으로 고양이를 찾을 수 있는 좋은 방법이고 고양이의 안전과 편의성 둘 다 생각하면 목줄에 달 수 있는 가벼운 제품이 좋겠다.

고양이 탐정

기온과 고양이의 호기심은 비례한다. 날이 따뜻해지면 창밖을 보는 고양이 수염이 파르르 떨리기 시작한다. 순식간에 방충망을 찢고 세상으로 뛰어나가는 고양이를 막기란 생각보다 쉬운 일이 아니다. 집사들은 황망한 마음에 여기저기 알아보고 고양이 탐정이 있음을 알게 된다. 이름부터 예사롭지 않다. 고양이 탐정이라면 반드시 내 고양이를 찾아줄 것만 같은 생각이 든다. 그러나 고양이 탐정에게 연락하는 것은 호불호가 나뉘는 방법이다. 국내에 활동하는 전문가는 10여 명 정도로 알려져 있다. 그중 아주 유명한 탐정은 2명 정도다. 이들은 뜰채, 적외선 카메라, 그물 등을 주로 쓰며 고양이 성향과 습성을 바탕으로 수색 계획을 세우고 잃어버린 곳 주변부터 탐색한다. 한 번 탐정을 고용했다가 고양이를 못 찾으면 다시 탐정을 고용하기도 하는데 이를 2차 탐정이라고 한다. 본지 필자 중 한 명인 수의사 노진희 선생은 실제로 고양이 탐정을 고용한 적 있는데 평소 고양이가 좋아하던 먹이로 잃어버린 곳 주변에서 찾았다고 한다. 고양이 탐정의 노력도 있었지만, 병원 식구들이 총출동하여 천만다행으로 찾았다고. 고양이 탐정의 성공률은 높은 편이 아니고 수임료는 천차만별이다. 고양이 탐정들이 공통으로 하는 말은 고양이를 잃어버리고 시간이 오래 지나면 그만큼 찾을 확률이 낮아지며 예방이 최선이라고. *end*

아포리즘　　　# 내 신발 위
고양이.

하늘 가득 먹구름이 몰려와 한바탕 소나기가 쏟아집니다.
이른 봄에 태어난 아깽이들은 저마다 오종종 처마 밑에 앉아서 비 구경을 합니다.
차마 마당으로 나서지는 못하고
근심스러운 표정으로 웅덩이에 떨어지는 빗방울을 구경합니다.
이따금 천둥이 칠 때면
소스라치게 놀라 서로의 가슴에 얼굴을 묻습니다.
밥 구하러 나간 엄마는 여전히 감감무소식입니다.
저만치 큰길에서 발자국 소리가 들릴 때마다
고양이들은 일제히 고개를 내밀고 바깥을 살핍니다.

잠시 오던 비가 그치자 기다렸다는 듯 녀석들은 마당으로 내려섭니다.
흙 냄새 자욱하게 코끝에 어리는데,
발 젖는 줄도 모르고 녀석들은 저희들만의 마당놀이를 합니다.
멀리서 흐뭇하게 나는 그 모습을 봅니다.
천진난만 아깽이들의 똥꼬발랄한 묘생을.
어떤 용감하고 무쌍한 녀석은 내 앞까지 성큼성큼 걸어와 눈 맞춤을 합니다.
"어, 밥 주는 아저씨구나!"
안심한 녀석은 다짜고짜 내 신발에 올라타 바르르 젖은 발을 텁니다.
졸지에 나는 녀석의 야옹 보트가 되어
엄마 대신 무료한 시간을 건너갑니다.

얼마나 지났을까요.
발이 저리고 쥐가 날 지경에 이르러서야 저만치 엄마가 나타났습니다.
마당놀이를 하던 녀석도, 내 신발 위의 고양이도
만사 제쳐두고 조르르 엄마에게 달려갑니다.
엄마는 흘끔 나를 한번 보더니
수고했어, 그만 가봐 하면서 처마 밑으로 들어갑니다.
오래 기다린 아깽이들은 이제 하나둘 엄마 품을 파고듭니다.
밥을 구하지 못해 피곤한 엄마는 조용히 눈을 감고 아가들에게 젖을 물립니다.
나는 비를 피해 그릇 가득 사료를 붓고 돌아섭니다.

돌아선 등 뒤에서 사료 씹는 소리가 아득까득 들려옵니다.
다시금 하늘이 어두워지면서 비가 내리기 시작합니다. *end*

고양이
행동연구소

첫 번째,
고양이의 이동과 여행.

쨍하게 맑은 하늘. 드디어 야외 활동하기 좋은 계절이 왔다. 강아지들은 추운 겨우내 못했던 산책을 하느라 신이 났다. 하지만 고양이들은 좀처럼 바깥 구경을 하지 않는다. 그러고 보니 산책하는 개는 봤어도 산책하는 고양이는 보지 못했다. 고양이들은 과연 산책할 수 없는 것일까? 집사가 고양이를 두고 여행을 한다면 어떤 준비를 해야 할까? 고양이는 개와 달리 산책이 필요 없는 동물이기는 하지만 이사, 대중교통 이용, 동물병원 가기 등 기본적인 이동은 가능해야 한다. 하지만 이런 이동이 준비되어 있지 않으면 고양이에게 스트레스가 될 수 있다. 자주는 아니지만 반드시 필요한 고양이 이동에 관한 모든 것을 알아보려고 한다.

1. 고양이와 여행하기
2. 고양이와 대중교통 이용하기
3. 고양이와 동물병원가기
4. 고양이와 이사가기

*본 칼럼은 필자의 저작 〈고양이 심화학습〉(예담 펴냄)의 내용을 주제에 맞게 재편집한 것입니다.

휴가철이 다가오면 고양이를 데리고 여행을 가도 괜찮을지, 만약 두고 간다면 어떤 준비를 해야 하는지 문의가 많이 들어온다. 강아지의 경우 애견 동반 숙박업소에 가는 것이 가능한데, 고양이는 그런 정보가 없다. 무엇보다 고양이가 그런 여행을 즐기지 않는 것이 문제다. 모처럼 휴가를 받았으니 여행은 가고 싶고, 고양이의 스트레스가 걱정되는 '여름이' 보호자가 상담을 요청해 왔다.

"여름이가 캐리어에 잘 들어가는 편이 아니니 장시간 이동이 혼자 있는 외로움보다 더 큰 스트레스를 줄 수 있어요. 연휴까지 한 달이 남았으니 캐리어에 장시간 있는 연습과 차를 타는 연습을 해주세요."

"고양이들은 새로운 환경을 즐기지 않으니 차를 타는 연습을 해도 여행이 스트레스가 될 수도 있겠네요."

"네, 맞아요. 그러니 연습하는 과정에서 여름이가 스트레스를 많이 받는다면 함께 여행가기를 고집하는 것보다 펫 시터 고용을 생각해 보세요. 펫 시터도 미리 준비하지 않으면 고양이가 펫 시터를 낯선 침입자로 여길 수도 있어요. 가족이나 친구 등 평소에 고양이와 익숙한 사람이 하루에 한 번 정도 와서 식사와 화장실을 챙겨줄 수 있으면 좋겠지만, 그것이 힘들다면 전문 펫 시터를 구해 낯을 익혀 고양이와 친해지도록 준비해 주어야 해요. 보호자와 함께 있는 모습을 여러 번 보여주어야 하고요. 펫 시터는 집에 들어오기 전에 옷과 손에 여름이의 냄새를 충분히 묻힌 후 들어오도록 해주어야 합니다."

고양이는 여행을 좋아할까? 집사는 고양이와 여행을 다닐 수 있을까? 고양이는 새로운 것을 매우 두려워하는 습성을 가지고 있다. 세력권을 주장하는 동물인 데다가 자신의 환경 안에서 안전함을 느끼기 때문에 새로운 장소보다 편안하고 안전한 집을 좋아한다. 이런 고양이에게 여행의 모험과 새로움은 그저 큰 위협이고 공포이다. 이런 상황에서 보호자가 할 수 있는 일은 여행에 대한 공포와 스트레스를 줄여주는 것뿐. 고양이가 여행을 즐기기를 바라는 것은 어쩌면 불가능할 수도 있다. 만약 어려서부터 여행에 적응하도록 키운다면 여행할 때 다른 고양이보다 조금 더 수월할 수는 있다. 어릴 때 여행을 즐겼던 고양이도 나이가 들면 점점 집을 좋아하는 성향으로 바뀔 수 있으며 다 큰 고양이도 여행에 아예 적응을 못 하는 것은 아니다. 오직 집만 좋아하는 고양이라 할지라도 이사나 동물병원 가기 등 이동을 피할 수는 없으니 까칠한 우리 고양이를 여행, 이동, 이사에 적응시키는 방법을 알아보자.

여행의 기본, 캐리어에 익숙해지도록 해보자

고양이를 여행에 적응시키기 위해 가장 먼저 해야 할 일은 캐리어를 좋아하게 만드는 것이다. 캐리어와 친해지는 것이 여행하기, 동물병원 가기, 이사하기 등 모든 고양이 이동의 기본이기 때문이다. 캐리어와 친해지기 위해서는 먼저 방 한가운데 캐리어를 놓아두는 것부터 시작하자. 캐리어의 덮개가 주전자 뚜껑처럼 위로도 열리는 제품으로 준비한다. 처음에는 덮개를 위로 열어둔다. 그러면 고양이가 캐리어에 자유롭게 들락날락할 수 있다. 캐리어에 음식과 장난감을 넣어두면 고양이는 캐리어 안을 좋아하게 될 것이다. 그다음 살짝 덮개를 닫아두고, 문만 열어둔 후 그래도 고양이가 캐리어 안에 들어가는지 살펴본다. 의심 없이 들어간다면, 들어간 후 살짝 문을 닫아본다. 그리고 바로 문을 열어준다. 그리고 나서 고양이가 캐리어 안에 들어가 있는 시간을 점점 늘려준다. 고양이가 캐리어에 오래 있어도 거부하지 않을 때쯤 캐리어를 들고 조금씩 움직여 본다. 먼저 고양이를 캐리어 안에 넣고 문을 닫은 후 밖이 보이는 사방을 수건으로 덮어 가려준다. 그리고 캐리어로 집안을 한 바퀴 돈다. 그리고 천천히 문을 열어 고양이가 나오도록 해준다. 이 훈련도 한번에 몰아서 하지 말고 시간을 두고 한 바퀴, 두 바퀴 점진적으로 늘려나간다. 이때 밖이 보이지 않도록 수건으로 가려주는 게 중요하다.

고양이가 답답해할 것 같지만 고양이 시점에서 보면 흔들리는 이동장 안의 작은 구멍으로 내다보이는 밖은 시야가 좁고 어지러울 뿐이다. 따라서 밖이 보이지 않도록 가려주는 것이 고양이를 안정시키는 데 효과적이다. 이 훈련이 끝나면 고양이는 이동에 대한 스트레스가 훨씬 줄어든다. 나중에 고양이가 이동장에 익숙해지더라도 수건으로 캐리어를 가려서 이동하는 것은 잊지 말자. 충분한 시간을 가진 후 그다음 차례로 차에 타는 연습을 한다. 하루에 한 번 5분 정도 고양이와 함께 차를 탄 후 시동 소리를 들려준다. 처음에는 차에 타고, 시동 소리만 들려주고 운행은 하지 않는다. 차 진동 소리를 듣고도 고양이가 특별히 예민해지지 않는다면 이번에는 동네 한 바퀴 돌고 오는 정도로 진도를 나간다. 하지만 고양이가 예민한 행동을 보이면 이전 단계부터 천천히 다시 시작한다. 고양이가 어릴수록 익숙해지는 속도가 빠르고 나이가 많을수록 훈련이 어려울 것이다. 나쁜 기억이나 경험이 없을수록 진도가 빠르고, 이미 캐리어나 이동에 대한 두려움이 생긴 상태라면 더욱 천천히 진행해야 한다. 이렇게 고양이마다 익숙해지는 속도가 다르므로 찬물에 더운물을 한 바가지씩 부어서 물을 데우듯이 천천히 진도를 나가야 스트레스 없이 훈련할 수 있다.

TIP 1 | 여행 갈 때 고양이를 위해 준비할 것들

① 멀미를 예방하기 위해 밥은 다섯 시간 정도 전에 주고 출발 직전에 물을 준다.

② 장시간 차를 타고 가다가 휴게소에 들른다면 고양이만 두고 내리지 않는다.
특히 여름철에는 아주 잠깐이라도 위험하다.

③ 장시간 여행이라면 휴게소에서도 대소변을 해결할 수 있도록 모래와
화장실을 준비한다.

④ 캐리어, 화장실, 모래, 물그릇, 밥그릇, 생수, 모래 삽, 물티슈, 비닐봉지, 사료, 간식,
상비약 등 생각보다 많은 짐이 필요하다.

TIP 2 | 이동의 기본, 캐리어와 친해지기 위한 연습

① 고양이 캐리어는 반드시 덮개가 위로 열리는 것으로 준비한다.

② 캐리어를 방 한가운데 두고, 모든 덮개를 열어둔다.
안에 음식과 장난감을 넣어서 고양이가 자유롭게 들락날락하며 놀 수 있도록 한다.

③ 잠깐 덮개를 닫았다가 열어준다. 이후 덮개를 닫는 시간을 점차 늘린다.

④ 캐리어에 오래 있어도 거부하지 않을 때쯤 사방을 수건으로 가린 후 캐리어를
조금씩 이동해 본다.

⑤ 이동시간을 늘린다.

⑥ 이동에 익숙해지면 이번엔 차를 태우고 시동을 켜 소리에 익숙하게 해준다.
처음에는 시동만 켜고 움직이지는 않는다.

⑦ 여기까지 익숙해지면 차를 타고 동네를 한 바퀴 정도 돌고 돌아온다.

⑧ 꼭 고양이와 이동해야 한다면 1번에서 7번까지의 과정을 지겹게 반복해야 한다.

---

2 · 고양이와 대중교통 이용하기

나는 전주에서 학교를 다녔기 때문에 주말이면 부모님을 보러 서울에 가곤 했다. 주로 금·토·일 3일 정도 쉬었다가 왔기 때문에 '밍키'를 혼자 두고 갈 수 없어 주말마다 함께 여행을 다녔다. 나뿐만 아니라 많은 수의대 학생들이 동물과 함께 서울행 고속버스에 몸을 실었다. 한번은 수의대 학생이 기사님과 실랑이를 벌이고 있었다. 기사님은 개를 짐칸에 태우라고 했고 수의대생은 절대 그럴 수 없다고 실랑이 중이었다. 나는 그 틈을 타 밍키와 소리 없이 버스에 올라탔고, 결국 그 수의대 학생은 서울에 가는 것을 포기하고 돌아서셨다. 개와 달리 고양이는 일단 기사님의 눈만 피하면 얼마든지 들키지 않고 버스를 탈수 있어서 나는 매번 도둑질하듯이 그렇게 버스를 타야만 했다. 지금도 내가 고양이와 함께한 것을 알지만 눈감아 준 버스를 함께 탔던 시민들에게 감사하다.

고양이가 대중교통을 이용해도 되는 것일까?

'다른 사람에게 위해나 불쾌감을 주는 동물의 경우 승차를 금지한다'라는 여객 자동차 운수 사업법 제25조는 2000년 1월에 없어졌고, 제한적으로 동물 승차가 허용되고 있다. 즉, 고양이가 캐리어 안에 들어가 있다면 시내버스, 시외버스, 지하철, 기차, 고속버스 등 모든 대중교통에 탑승할 수 있다. 택시의 경우는 콜택시를 예약할 때 반려동물 탑승이 가능한지 미리 알아보고 탑승을 할 수 있다. 단, 차 안에서 고양이를 캐리어에서 꺼내놓는 것은 위험하니 절대 금하며, 법적으로도 동물은 반드시 캐리어 안에 있어야 대중교통 이용이 가능하다.

고양이와 비행기 타기

고양이와 비행기를 함께 타는 것도 가능하다. 보통 5킬로그램 미만인 경우에는 고양이를 캐리어에 넣어 기내 탑승이 가능하고, 5킬로그램 이상이라면 수화물 칸에 탑승시킨다. 비만 고양이와 수컷 고양이에게 절대적으로 불리한 이 조건은 항공사마다 조금씩 다르니 주의하자. 예를 들어 제주도에 간다면 제주도까지 운행하는 각 항공사의 동물 탑승 기준이 조금씩 다르다. 대한항공과 아시아나 항공은 5킬로그램까지 기내에 탑승할 수 있지만 티웨이 항공의 경우 최대 7킬로그램까지도 가능하다. 불가피하게 고양이를 수화물 칸에 탑승시켜야만 한다면 캐리어 안에 살아있는 고양이가 탔음을 알리는 메모지를 눈에 잘 띄게 여러 장 붙여놓는 것이 좋다. 만약 함께 여행을 해야 하는 고양이가 한 마리 이상이라면 대한항공의 경우 일 인당 두 마리까지 탑승할 수 있는데 한 마리는 기내에, 한 마리는 화물칸에 가능하다. 그리고 고양이 탑승은 꼭 예약해야 한다.

고양이와 해외여행이 가능할까?

국제선은 국내선과 기준이 다르다. 대한항공과 아시아나 항공은 반려동물과 운송 용기의 합이 5킬로그램 이하일 경우 기내 동승이 가능하며, 미주나 유럽 등 장거리 여행 시 약 19만 원 (169~200달러) 정도를 추가 지급해야 한다. 가까운 나라를 여행할 때는 그만큼 비용이 덜 드는데, 일본과 중국 등은 대한항공 기준으로 100달러, 베트남, 괌, 싱가포르, 필리핀 등은 150달러를 지급해야 한다. 위탁 수화물로 반려동물을 실을 때는 평균 38킬로그램 이하까지 가능하며 약 31만 원 (277달러) 정도 추가 비용이 발생한다. 반려동물과 해외여행을 할 때 역시 항공사마다 서비스 규정이 다르므로 꼭 별도로 알아봐야 하며, 국가별 검역도 철저히 확인해야 한다. 항공사는 운송만을 담당할 뿐 국가를 통과하기 위한 검역은 별도이기 때문이다. 미국은 동물이 입국하는 경우 광견병 예방접종 기록만 요구하는데, 광견병 항체가 생기는데 한 달 정도가 걸리므로 한 달 전에 광견병 예방접종을 하고 접종한 동물병원에서 영문 예방접종 증명서를 발급받으면 된다.

섬나라 일본은 동물 검역이 까다로우므로 최소한 7개월 전에 준비해야 한다. 처음 백신을 투여하고 혈액 표본을 미국 국제기관으로 보낸 후 1개월 안에 혈액검사 결과 서류를 받고 다시 백신을 주사하고 6개월 후에 출국할 수 있다. 검역에 필요한 서류와 요구되는 접종 기간이 나라마다 차이가 크다. 이동 전 인천공항 동물 검역소(032-740-2660)에 필요한 서류나 절차를 문의하자.

3 · 고양이와 동물병원가기

모든 고양이가 이동장과 병원을 싫어하는 것은 아니다. 어떻게 길들이느냐에 따라 고양이가 얼마나 달라지는지 보여준 보호자를 만난 적이 있다. '둘리'라는 고양이였는데 병원에 오면 웅크려 앉아 꼼짝 안 하고 하악질을 하는 다른 고양이들과는 달리 진료실을 어슬렁거리며 수의사에게 부비부비를 하곤 했다. 어떻게 이런 고양이로 만들 수 있었는지를 묻자 병원에 오기 전에 살짝 배고프게 한 후 간식을 챙겨와서 병원에서 먹이는 것을 어릴 때부터 반복했으며 구충제를 바르는 등 사소한 일로도 병원에 다녀가곤 한 것이 비결이었다.

어릴 때부터 동물병원에 대한 좋은 기억을 심어주자

나는 어린 고양이들에게 동물병원에 대한 좋은 기억을 심어 주고 싶어 예방접종을 하러 오는 고양이들에게 무척 공을 들이는 편이다. 보호자에게는 평소보다 밥을 조금 덜 먹여서 병원에 데리고 오되 가장 좋아하는 간식을 가져와 달라고 부탁을 한다. 너무 안 먹었으면 예민해지고 너무 배가 부르면 간식을 통한 유혹 효과가 떨어지므로 평소 먹는 양의 60~70% 정도 먹이는 것이 적당하다. 어린 고양이일수록 동물병원에 대한 편견이 없어 병원에서도 거부감 없이 간식을 잘 먹으며 효과도 크다. 이미 동물병원을 싫어하는 고양이라면 간식을 거부할 수도 있지만 이런 경우는 동물병원에 오기 최소 일주일 전부터 칼맥스나 질켄 등 스트레스 완화 보조제를 먹이고 이동장에 들어가기 위한 훈련도 해야 한다. 이동장에는 캣닙과 쿠션을 깔아 주고 이동장은 큰 수건을 덮어 고양이의 시야를 가려주어야 한다. 보통 보호자들은 고양이가 답답하다고 생각해서 수건을 덮지 않는데 좁은 틈으로 바깥이 보이면 고양이는 매우 어지러워하며 오히려 공포감이 극대화된다. 또 동물병원에 와서도 고양이를 꺼내놓는 경우가 있는데 그런 경우 개에게 물리거나 고양이끼리 싸워서 진료실 밖에서 잔뜩 화가 난 채로 들어오는 경우가 많다. 따라서 동물병원에 오기 전에는 많은 공을 들여야 하며 특히 이동장에 익숙해지는 훈련을 반드시 해야 하고 이동장을 큰 수건으로 덮어 외부의 자극과 스트레스를 차단하는 것을 잊지 말아야 한다.

동물병원에 갈 때 지켜야 할 것

① 이동장에 익숙해지는 훈련을 한다.

② 이동장은 덮개가 위로 열리는 것으로 준비한다.

③ 예민한 고양이는 최소 일주일 전부터 스트레스 완화 보조제를 먹도록 한다.

④ 이동할 때나 대기할 때는 큰 수건으로 이동장을 덮어 외부 자극과 스트레스를 차단한다.

동물병원을 고양이의 사회화 장소로 이용하자

어릴 때 치과에 가면 치료가 끝난 후에 의사 선생님이 막대 사탕을 손에 쥐어 주었던 기억이 있다. 물론 엄마는 또 이를 썩게 하려는 상술이라며 불만이셨지만 나와 동생은 의사 선생님에게 서운했던 마음이 막대사탕 하나로 풀리곤 했다. 의사 선생님이 그렇게 나쁜 사람은 아닐지도 모른다는 생각을 하면서. 고양이도 마찬가지일 것이다. 어린 고양이에게 맛있는 간식은 본능적으로 좋은 기분을 느끼게 한다. 어린 고양이일수록 병원에 대한 공포보다는 음식에 대한 욕구가 훨씬 크기 때문에 간식을 통해 동물병원을 좋아하게 만들기가 훨씬 수월하다. 나는 고양이가 입양 후 처음 내원할 때 발톱을 자른다든지 귀 청소를 하는 등 고양이가 싫어하는 행동은 최소한으로 하고 간식을 먹이거나 스킨십을 시도하는 데 주력한다. 보호자에게도 이런 부분을 중점적으로 교육한다. 간식은 그냥 주지 말고 앞발, 뒷발, 배 안쪽 구석구석을 만지면서 주도록 한다. 고양이는 상대적으로 몸의 끝부분을 만질 때 거부감이 덜하다. 처음에는 끝부분부터 시작해서 점점 몸 안쪽 만지기를 시도해야 한다.

간식을 활용한 고양이 훈련하기

① 동물병원에 갈 때는 평소 양의 60~70% 정도만 먹이고 좋아하는 간식을 준비해 간다.
   병원에 도착하여 기분 좋게 간식을 먹으면서 구충이나 접종 같은 간단한 진료를 보도록 하면 새끼 고양이는 자연스럽게 병원을 친근하게 느끼게 된다.

② 어린 고양이에게 귀 청소나 발톱 깎기 등 고양이가 싫어하는 행동은 최소한으로 줄인다.
   간식을 주면서 발끝, 턱 끝, 얼굴 등을 어루만지는 스킨십을 하면서 간식을 주면 수의사와도 자연스럽게 친해질 수 있으며 사람 손길을 거부하지 않는 고양이가 될 수 있다.

고양이는 이사조차 맘대로 할 수 없다. 신부전 진단을 받은 '구구' 보호자는 걱정으로 안절부절못한다. 2주 후 10년간 살던 집을 떠나 이사를 하게 된 것이다. 고양이에게 이사는 스트레스로 작용하는데, 구구처럼 한 집에서 오래 산 고양이는 큰 스트레스를 받을 수 있다. 고양이가 당황하지 않도록 변화를 최소한으로 줄이는 노력이 필요하다.

스트레스를 주지 않고 환경을 바꿀 방법은 없을까?

살다 보면 부득이 이사해야 할 때가 있다. 고양이가 이사를 즐겁게 받아들일 수는 없지만, 스트레스를 덜 받게 하는 방법을 찾아보자. 이사, 여행, 병원 가기 등 모든 고양이 이동의 기본은 이동장과 친해지기부터 시작한다. 적어도 2주 전부터는 이동장과 친해지는 훈련을 시작해야 한다. 이사 전에 원래 사용하던 고양이의 물건들을 그대로 이사할 집에 옮겨 두는 것이 좋다. 가능하면 평소 배치 그대로 옮겨둔다. 이사가 끝난 후 살며시 이동장의 문을 열어주고 조금씩 탐색하도록 한다. 비록 새로운 공간이지만 자기가 쓰던 물건에 둘러싸여 있어 이사 스트레스가 줄어들 것이다.

이사 당일 고양이를 어떻게 돌봐주어야 할까?

새끼 고양이라면 이사의 혼란스러움으로 인한 분실 위험도 큰 문제다. 실제로 이사하면서 고양이를 잃어버리는 경우가 흔하다. 집은 짐으로 어질러져 있고 낯선 사람들이 들락날락하며 현관문이 열려 있는 틈에 고양이가 언제 나갔는지 모르게 사라져버리는 것이다. 그래서 애초에 이사 날에는 고양이를 고양이와 익숙한 가족이나 지인에게 맡겨두는 게 좋다. 이사 전에 고양이의 분실을 막기 위해 목에 소리 나는 방울과 이름표를 달아주며 고양이를 먼저 이동시켜놓고 이동장 안에 넣어 조용한 방에 홀로 있게 한 후 이사가 끝난 후에 풀어주는 것이 좋다. 이사간 집에서는 방충망이 완전하게 설치된 것을 확인하고 고양이를 풀어주어야 한다. *end*

이사 전 고양이를 위해 생각해야 할 것들

① 이사에도 이동장 훈련이 우선이다.
② 고양이 물건을 최대한 보전하여 위치를 그대로 먼저 옮겨 놓는다.
③ 조용한 곳에 고양이 방을 꾸며놓고 고양이를 이동장 안에 넣어놓는다.
　이사가 끝난 후 이동장 문을 열어준다.
④ 고양이 목에 방울과 이름표를 달아둔다.
⑤ 이사한 집의 방충망을 확인한다.

고양이 수의사의
진료실 이야기

노령 고양이의 질병,
그 첫 번째 췌장염.

나는 진료할 때 8살 이상 고양이 환자는 췌장염 키트를 적극적으로 찍는다. 수술 전 검사를 할
때도 찍고, 건강검진을 할 때도 찍고, 식욕부진이나 체중감소, 활력감소 등의 증상을 볼 때도
찍는다. 췌장염 검사를 많이 하는 이유는 노령 고양이에서 췌장염이 흔하지만 발견하기 쉽지
않기 때문이다.

고양이 췌장암은 모르고 지나치기 쉽다

췌장염 증상은 구토, 식욕부진, 체중감소, 활력감소 등 아픈 고양이가 공통으로 보이는
증상과 비슷하다. 때때로 증상이 전혀 없는 경우도 있고, 황달이나 당뇨 같은 다른 질병
이 있을 때 함께 진단되는 경우가 많다. 그래서 습관적으로 검사하지 않으면 놓치고 지
나칠 수 있다. 몇 년 전까지만 해도 성능이 좋은 초음파로 진단하거나 연구소로 검체를
보내는 방법을 썼다. 최근에는 췌장염 키트가 개발되어 채혈해서 키트를 찍으면 검사 결
과를 얻을 수 있다. 짧은 시간에 간단하게 정확도를 높이는 검사다.

췌장염 고양이는 세 가지 주의점이 있다

첫째, 다른 질병과 함께 오는 경우다. 고양이가 식욕이 부진하면 췌장염을 의심해 봐야
하지만 이빨 염증이나 스트레스가 원인일 수도 있다. 췌장염이 개선되어도 식욕부진이
계속될 수 있으므로 다른 문제가 있는지 살펴보자. 둘째, 췌장염은 증상만큼 예후도 다
양하다. 증상이 없는 경우부터 구토, 식욕부진, 황달을 동반한 심각한 증상을 보이는 경
우도 있다. 따라서 예후도 다양한데 짧은 입원으로 회복하기도 하고, 빠르게 악화하여
사망에 이르기도 한다. 따라서 췌장염은 무조건 적극적으로 치료해야 한다. 셋째, 고양
이 췌장염은 간과 장에 영향을 주어 지방간, 당뇨, 염증성 장 질환 등 합병증을 일으키는
경우가 많다. 췌장염, 담관간염, 염증성 장 질환이 함께 일어나는 고양이 상태를 '담관
삼각부염'이라 부르기도 한다. 그만큼 이 세 질환이 함께 일어나기 쉽다. 조기에 치료하
여 합병증을 예방하자.

췌장염 치료방법은 수액요법이 중요하다

수액은 췌장의 관류를 촉진하고 산, 염기와 전해질 불균형을 교정할 수 있다. 이는 정기
적인 혈액검사로 모니터링해야 한다. 고양이가 구토 등의 증상이 있다면 구토억제제를

먹이고, 식욕부진이 이틀 이상 장기화한다면 피딩 튜브를 장착하여 강제 급여를 시작한다. 복통은 진통제를 주기도 하며, 췌장염으로 인한 비타민 부족을 해결하기 위해 비타민 제제를 수액에 타거나 주사로 놓기도 한다. 중요한 것은 합병증 예방과 관리인데 입원 기간에 지속적인 모니터링으로 지방간, 당뇨, 담관염을 관리해야 하며 합병증이 생긴 경우 치료를 병행해야 한다.

췌장염을 예방하는 방법

췌장염은 고령 고양이에게 흔한 질병이다. 고양이 췌장염은 개와 달리 복통, 구토, 심지어 식욕부진 증상조차 잘 안 나타나는 경우가 많다. 따라서 정기 검사가 중요함을 잊지 말아야 한다. 8살 이후부터는 정기 검진에서 췌장염 검사를 의무적으로 하는 것이 좋으며 식욕부진이나 활력감소 증상이 있을 때도 췌장염 검사를 하는 게 좋다. 췌장염이 심해지거나 만성 췌장염을 치료하지 않으면 자칫 당뇨병까지 올 수 있다. 그런데 췌장염이나 당뇨병 모두 급성적인 증상이 아니라 단순히 기운이 없고 식욕이 줄어드는 정도라서 스트레스 또는 나이가 들어서 그러려니 하고 생각하는 경우가 많다. 그래서 나이가 든 고양이는 주기적인 건강검진이 꼭 필요하다. 나이든 고양이는 밥을 먹더라도 활력이 떨어지면 건강검진을 해서 췌장염을 해결해야 당뇨로 진행되는 걸 막을 수 있다. 췌장염의 원인은 식습관이다. 지방 함량이 낮고 단백질 함량이 높은 음식은 췌장염뿐 아니라 전반적인 고양이 건강에 도움이 된다. 당뇨와 췌장염 모두 비만과 관련 있으므로 체중조절도 중요하다. 고양이에게 단백질 함량이 높은 사료를 제공하고 매일 일정 시간 낚시놀이를 통한 운동을 시켜야 하며 주 1회 정도 체중을 확인하자.

영화 〈구구는 고양이다〉 스틸 컷.

고양이와 나

고양이 '덕후' 영화들.

고양이의 간택을 받고 삶이 바뀌었다는 사람들이 많다. 물론 강아지를 맞이해도 일상은 바뀌고 햄스터를 키워도 삶은 달라질 거다. 생명 하나를 책임진다는 것이 어디 보통 일인가! 그럼에도 이상하게 고양이는 특별하게 느껴진다. 집사들은 말할 것도 없고, 집요하게 길고양이를 바라보는 모습만 봐도 고양이를 좋아하는 사람은 표가 난다. 그런 사람이라면 일본의 일러스트레이터 아사오 하루밍의 수필집 〈나는 고양이 스토커〉가 남 얘기 같지 않을 게다. 사람 한 명 한 명을 관찰할 수는 없는 노릇이고 고양이 영화를 통해 고양이를 좋아하는 사람의 법칙을 알아봤다. 물론 예외도 많으니 새로운 법칙이 있다면 〈Dear Cats〉로 메일을 주시기 바란다.

첫 번째. 독립적인 성향이 있다
고양이의 특성이기도 한데 고양이는 혼자서도 잘 산다. 집사는 집사일 뿐 내 영역 안에 다른 고양이나 동물이 없으면 더 좋아한다. 영화 〈고양이 사무라이〉에 등장하는 검객 큐타로는 고양이 다마노죠를 만나며 이 세계에 입문했다. 가족과 떨어져 홀로 임무를 수행하던 큐타로는 자신의 영역에 들어오는 고양이를 거부하지만 매력적인 공격에 속절없이 무너진다. 다마노죠가 사랑스러운 덕분도 있지만 늘 혼자인 자신과 비슷한 느낌을 받은 게 아닐까? 1편에서 둘의 만남이 성사되고 2편에서는 둘이서 모험을 떠난다.

　이누도 잇신 감독의 〈구구는 고양이다〉에 나오는 만화가 아사코는 13년간 가족이던 고양이 사바가 죽고 실의에 빠지지만 새끼 고양이 구구를 만나며 활기를 되찾는다. 구구를 찾으러 갔다가 청년 카세 료를 만나 남녀간의 좋은 분위기도 만들어진다. 2008년 영화이니 10년 전 카세 료는 잘 다림질한 흰 셔츠에 검은색 팬츠를 입고 공원에서 책을 읽곤 하는 의사 역을 맡았다. 아사코와 잘 어울렸는데 어찌된 일인지 영화가 끝날 때까지 두 사람이 연인이 되진 않았다. 배경이 된 키치조지의 아름다운 풍경 아래 고양이를 매개로 펼쳐지는 러브스토리인가 했지만 반려묘와의 관계를 통해 아사코의 삶을 돌아보는 심각한 내용이었다. 독신자 아사코의 삶에서 사바와 구구는 일상과 감정을 공유하는 가족이자 친구였다. 그러나 사람과 고양이는 삶의 속도가 다르기에 둘 중 하나는 상실감을 느낄 수밖에 없다. 결국 사바의 빈자리를 구구가 대신할 수는 없었다. 그러나 구구는 구구대로 아사코 마음 안에 자리를 얻었다. 아사코는 누군가의 힘을 빌려 사바의 죽음을 극복하는 게 아니라, 스스로 납득하고 슬퍼하며 받아들였다. '독립적'이다는 표현이 어떤 함의를 가지는지 잘 이야기해준 영화였다.

두 번째. 어딘지 허술한 구석이 있다

집에서 반려동물을 키운다는 건 어느 정도의 불결함은 감수하겠다는 포기 각서처럼 느껴진다. 동물은 배변활동이나 털갈이를 늘 하는데 어떻게 집 안이 터럭 하나 없이 청결할 수 있겠나. 언젠가 TV 동물 프로그램에 뱀을 좋아하는 남자가 나왔다. '그래, 파충류는 별다른 준비가 필요 없겠지'라는 생각으로 봤는데 웬 걸. 뱀은 그 나름의 특별한 인테리어가 필요했다. 남자의 집 안은 뱀 굴이었다. 그는 스스로 체온조절을 할 수 없는 뱀을 위해 늘 바닥에는 따뜻한 모포를 깔아놨고 화장실이며 방과 거실 등에서 15마리 정도의 파충류가 살았다. 집안은 늘 축축해 보였다. 뱀이며 거북이, 도마뱀이 사는 이 집에서 가장 큰 객은 비단구렁이. 30킬로그램의 무게에 키는 4미터에 육박했다. 남자의 꿈은 이 비단구렁이와 산책하는 것. 제작진은 리어카에 뱀을 싣고 남자와 함께 산책에 나섰다. 그러면서 야생 비단구렁이가 얼마까지 자랄 수 있는지 자료화면을 보여줬는데 화면 속 야생 비단구렁이 얼굴은 생채기가 가득했고 표정도 무서웠다. 그에 비해 남자가 키우는 비단구렁이 얼굴은 마치 천사같이 곱고 예뻤다. 집고양이와 길고양이의 얼굴도 그 정도 차이가 날 거다. 어쨌든 반려동물을 키우는 건 집을 공유한다는 것이고 그 동물의 습성에 따라 환경을 조성해야 한다. 그게 뱀이든 고양이든 똑같다.

영화 〈미 앤 유 앤 에브리원〉으로 혜성같이 나타난 천재 감독 미란다 줄라이. 각본에서 감독까지 모두 그녀가 맡은 그 영화를 보고 얼마나 설레었던지. 그녀가 몇 년 전 내놓은 영화 〈미래는 고양이처럼〉은 시한부 고양이를 맞이하는 커플의 이야기를 담았다. 사는 게 아마추어 같은 커플이 고양이를 맞이하기 전 마음대로 살아보는 시간, 한 달을 가진다. 두 사람은 책임감과 변화를 가지기 위해 결정한 일이지만 막상 새식구를 들이려니 마음이 두근두근. 남자는 환경보호단체에 가입하고 여자는 댄스 동영상 만들기에 돌입한다. 그러나 일은 마음대로 되지 않고 현실은 우리가 특별하지 않음을 끝없이 되새기게 한다. 35살 동갑내기 두 사람은 5년 뒤면 마흔이 되고 마흔은 쉰이나 다름없고 쉰이 지나면 뭔가 이루기에 턱없이 부족한 나이가 된다고 얘기한다. 여자는 자신이 항상 세상 돌아가는 소식에 뒤쳐져 있었다고 후회했고 남자는 세계적인 지도자가 되지 못했음에 실망한다. 두 사람은 이번 생은 망했다고 하지만 아직 한 달이 남았다고 서로를 다독인다. 의미 있는, 한 편으로 무의미한 한 달이 그렇게 지나고 그들은 고양이를 맞이하러 갔지만 고양이는 없었다. 고양이의 삶은 그들의 계획과 달랐던 것이다. 두 사람은 한 달을 걸려 일상으로 돌아왔고 고양이를 위해 소파 한 구석을 내주는 연습을 했다. 비록 고양이가 없었지만 그것도 어쩔 수 없다. 어딘지 허술하다는 건 뭔가를 위해 자신의 것을 내줄 수 있는 용기이기도 하다. 완벽해 보이지만, 혹은 완벽하려 노력하지만 고양이를 위해 방문을 열어주고 끼니를 챙길 줄 아는 마음 말이다.

세 번째. 모든 이야기의 결론은 고양이다

영화 〈양들의 침묵〉에서 마음씨 좋은 아가씨 캐더린은 범인이 짐 옮기는 걸 도와주다 납치된다. 집 앞에서 일어난 일로 창가에 앉아 있던 그녀의 고양이만이 그 장면을 목격했다. FBI 수사관인 스털링이 렉터 박사의 도움을 받아 범인을 찾기까지 캐더린은 러닝타임 대부분을 범인 집 안의 우물 같은 감옥에 갇혀 있었다. 영화를 보는 내내 고양이는 어찌 됐을까 하는 걱정이 사라지지 않았다. 원작을 읽었기 때문에 그녀가 구사일생 살아난다는 걸 알았지만 고양이 이야기는 없었다. 부모님이 상원의원이니 고양이 한 마리 정도는 책임지겠지? 120분 동안 캐더린의 고양이는 내 마음에 앉아 사료를 먹고 졸았고 때로는 빙빙 돌기도 했다. 고양이 '덕후'는 무엇을 보든 무엇을 먹든 무엇을 하든 결론은 고양이다. 그렇기에 '덕후'다. 사실 이건 영화를 보지 않아도 아는 법칙이다. 영화에서는 고양이가 소리를 지르면 나쁜 일이 생기고 눈을 번뜩이면 저주가 내린다. 복선으로 고양이는 유용하다. 늘 주변에 있고 다채로운 상상력을 제공하며 영감의 대상이 된다.

어렸을 때 기르던 고양이 연탄이는 충성심이 뛰어났다. 볼품없는 먹이만 주는데도 매일 쥐를 잡았고 때로는 뱀이나 새를 잡아 마당에 놔두곤 했다. 고양이라면 응당 연탄이 같은 줄 알았다. 지금 사무실로 매일 찾아오는 두한이(두한이는 이 구역의 리더 고양이다)는 나에게 한 번도 답례를 한 적이 없다. 사료와 물이 없으면 문 밖에 앉아서 줄 때까지 가지 않는다. 다른 캣맘들 얘기를 들어보면 피자 조각이나 헝겊을 물고 오는 아이들도 있다는데 이 놈은 그런 걸 전혀 모른다. 그러긴커녕 밥자리 반대쪽에 배변활동만 열심히 해놓고 가서 매일 물청소를 해야 한다. 그 냄새에 질려버린 건물주는 툭툭이(어찌된 일인지 그녀는 두한이를 툭툭이라고 부른다)에게 이제 자신이 사료를 주겠다고 했다. 그러면 지금 자리에서 배변활동을 하지 않을 것이고 내가 있는 사무실 쪽에서 일을 볼 것이므로 더 좋지 않냐는 것이다. 나의 고충도 모르고 이놈은 한술 더 떠서 다른 데서도 밥을 먹는 모양으로 두 집 살림 어쩌면 세 집 살림을 하는지도 모른다. 한 쪽 귀가 약간 잘린 걸로 봐서 중성화 수술도 누가 시킨 모양이다. 이 뻔뻔한 놈은 2년간 밥을 줘도 아직도 나만 보면 학학거리며 화를 낸다. 어쩔 수 없다. 그래도 사료가 떨어지면 주문해야지. 그리고 사무실을 찾아오는 이들에게 두한이 얘기를 늘어놓을 것이다. 어차피 모든 이야기의 결론은 고양이니까. *end*

고민들

고양이 이름 짓기.

반려동물 이름을 지을 때 몇 가지 패턴이 있다. 내가 가지고 싶었지만, 서구적이고 어색한 이름들. 가령 엘리, 르네, 아네스 등 한국 국적 사람들이 가지기 어려운 이름이다. 혹은 고양이의 특성을 반영한 소박한 이름들. 얼룩이, 치즈, 까만코, 고등어 등. 평소 좋아하거나 존경하는 이름을 붙이기도 한다. 건축가 안도 타다오가 키웠던 개 이름은 르 꼬르뷔지에였다.

목숨은 아홉 개, 이름은 세 개

진중권 교수의 〈고로 나는 존재하는 고양이〉(천년의 상상 펴냄)에는 고양이 인문학이 잘 정리돼 있다. 고양이를 좋아하는 사람이라면 누구나 아는 얘기부터 숨겨진 이야기까지 흥미진진하다. 그중 가장 관심이 가는 건 고양이 이름을 짓는 부분. 반려동물을 키우는 사람이라면 누구나 이름 짓기로 고민해 본 적이 있을 터. 저자는 본문에 T.S. 엘리엇의 시 〈고양이 이름 짓기〉(1939년 발표한 동시집 〈지혜로운 고양이가 되기 위한 지침서〉에 나오는 시로 이 책은 뮤지컬 〈캣츠〉의 대본이 되었다)를 번역해 놓았다. 엘리엇에 따르면 고양이에겐 3개의 이름이 필요하단다. 평소 가족이 부르는 이름 하나. 독특하고 격조 있는 이름 하나. 그리고 고양이 혼자만 알고 다른 이는 절대 알 수 없는 이름이 하나 있다. 고양이가 깊은 명상에 빠졌다면 세 번째 이름을 생각하는 것이라고.

고양이 이름 레퍼런스

가끔 동물자유연대(www.animals.or.kr) 홈페이지를 클릭한다. 입양신청란의 고양이와 개를 보기 위해서다. 거기엔 온갖 사연을 가진 아이들이 있다. 도심 주택가에서 턱이 반쯤 잘려나간 채로 발견된 미야(치료는 잘 끝냈고 지금은 센터 최고의 먹보가 되었다), 부천역 인근에 살다가 영역싸움으로 꼬리가 절단된 호란(수술 회복이 늦어져 센터에 입소했고 지금은 건강함), 안락사 위기에서 임보를 가게 된 머찌, 42마리의 시추와 10평 공간에서 생활하던 구슬이(애니멀 호더에게서 구조된 후 입양을 기다리고 있다) 모두 안타까운 사연이다. 이들을 보며 주변에 고양이를 기를 만한 사람에게 추천해주기도 하고 내가 맡으면 어떨까 생각도 한다. 동물 구조를 하는 NGO들은 유기견 유기묘 이름 짓기 이벤트를 하기도 하고 입양 전까지 임시 이름을 붙여주기도 한다. 아무래도 친근하게 다가서기 위해서인지 두 글자 이름이 많고, 이름을 보면 성격이나 외양을 짐작할 수 있다. 동물과 이름이 상당히 잘 어울린다. 이들은 구조 전문가일 뿐 아니라 하루에도 수십 마리씩 입주하는 유기묘 유기견 이름 짓기에 프로이다.

정답게 부르는 그 이름

누군가의 도움이 받고 싶어 구글링으로 고양이 이름을 지어주는 사이트에 들어갔다. 고양이 털 색깔이며 수면 시간, 점프 높이 등(간혹 별로 상관없는 질문도 한다. 양념으로 넣은 듯) 선택했더니 내 고양이 이름 추천 1위는 마리아치였다(2위 바론 본 위스커, 3위 앰퍼산). 털 색깔, 품종, 성별만 입력하면 나오는 간단한 사이트도 있었는데 그 결과 이름은 루카스였다. 안타깝게도 마리아치도 루카스도 노란색 얼룩무늬 고양이에게 어울리는 이름은 아니었다. 그러고 보면 문재인 대통령은 고양이 이름을 잘 지었다. '찡찡이' 애교 있는 성격을 잘 승화한 이름 아닌가. 〈스폰지밥 네모바지〉의 징징이보다 센 느낌이 있는 부사 '찡찡'에 접미사 '이'를 붙였는데 입에 착착 붙는다. 과거 '문재인과 함께하는 유기동물 복지 포럼' 이름도 찡찡이 포럼이었다. 한때 유기묘였던 찡찡이는 이제 문 집사를 거느리고 청와대 권력 서열 1위라는 소문도 있다. 과연 묘생역전이라더니. 역시 이름은 남이 지어주는 게 아니라 사랑으로 짓는 게 좋다.

내가 그 이름을 불러주기 전까지 그는 다만 하나의 몸짓에 지나지 않았고 내가 그의 이름을 불러주었을 때 그는 나에게로 와서 꽃이 되었다는 시는 반려동물에게도 해당한다. 매일 퇴근 후 컴컴한 거실 불을 켜기 전 우리를 반겨주는 고양이가 있기에 어둠이 싫지 않다. 이름이 입에 붙지 않으면 어떠리. 계속 부르다 보면 원래 있었던 것처럼 익숙해질 것이다. 그런데도 결론을 얘기하자면 고양이 이름은 아직 정하지 못했다. *end*

⟨Dear Cats⟩
필진을 소개합니다.

강인규(jamtungee)

십수 년 구조 활동의 결과로 고양이 열아홉 마리, 개 세 마리의 대식구가 함께 살고 있습니다. 최근 팟캐스트 '고양이신전'을 통해 고양이 관련된 모든 질문을 받으며 고양이 관련 지식과 문화 전파에 힘쓰고 있습니다. 구조 활동의 경험을 바탕으로 포토 에세이 ⟨고양이신전⟩(아토북 펴냄)을 낸 바 있습니다.
facebook: @templechat
twitter: @templechat
instagram: @pod_templecat
podcatsal@gmail.com

고경원

2002년부터 길고양이의 삶을 글과 사진으로 담아온 15년차 고양이 전문작가입니다. 2007년 국내 첫 길고양이 사진 에세이 ⟨나는 길고양이에 탐닉한다⟩(갤리온 펴냄)를 시작으로 ⟨고양이, 만나러 갑니다⟩·⟨작업실의 고양이⟩(아트북스 펴냄), ⟨고경원의 길고양이 통신⟩(앨리스 펴냄), ⟨둘이면서 하나인⟩(안나푸르나 펴냄) 등 5권의 고양이 책을 썼습니다. 2009년부터 9월 9일을 '한국 고양이의 날'로 삼고 매년 9월 기획전과 부대 행사를 개최해 고양이에 대한 인식 개선에 힘쓰고 있습니다. 2017년 7월부터 고양이 전문 출판사 '야옹책방'을 시작했습니다.
instagram: @catstory_kr
catstory.kr@gmail.com

김하연

허술한 길고양이 집사 겸 찍사. 길고양이를 찍기 위해 지켜보다가 지금은 지켜보기 위해서 길고양이를 찍고 있습니다. 잘 팔리지 않는 길고양이 사진 책 ⟨하루를 견디면 선물처럼 밤이 온다⟩(이상 펴냄)와 ⟨어느새 너는 골목을 닮아간다⟩(이상 펴냄)를 냈지만, 누구를 탓하지는 않습니다. 길고양이가 고양이로 대접받는 그 날까지. 그들의 곁을 지킬 궁리를 하는 중입니다.

노진희

24시 북악동물병원 원장으로 고양이 진료와 수술을 맡고 있습니다. 하반신 마비인 수지, 기관 협착증을 앓고 있는 엄지라는 개 두 마리와 고양이 여섯 마리 밍키, 양순, 밍양, 먼지, 카샴, 양삼이와 함께 사는 집사이기도 합니다. 이 중 밍키는 13년째 함께한 제 영혼의 단짝이랍니다. 〈고양이 심화 학습〉(예담 펴냄), 〈나는 행복한 고양이 집사〉(넥서스BOOKS 펴냄)을 낸 바 있습니다. 이 외에 SBS 〈TV 동물농장〉 출연 및 자문, 변영주 감독님의 영화 〈화차〉 자문, EBS 뮤지컬 〈캣 조르바〉 자문 등을 맡았으며 고양이 관련 강의를 통해 고양이를 행복하게 키우는 법을 알리고 있습니다. 현재 전북대학교 수의 외과학 석사과정을 밟고 있습니다.

blog.naver.com/documania

노희정

전직 15년차 공연기획 PD였고, 지금은 서교동에서 8년째 로스터리 카페 '노 피디네 콩 볶는 집'을 운영하고 있습니다. 공연 기획을 하다가 작은 내 공간에서 재미나게 이것저것 저지르며 살아보려고 카페를 차렸습니다. 인디 뮤지션들과 매월 개최하는 '노콩음악회', 벽 한 면을 비워두고 프로·아마추어 가릴 것 없이 다양한 '노콩전시회'를 하고 있으며, 김도태 사진작가와 〈서교동 사람들〉을 주제로 한 '노콩사진관'을 기획·진행하고 있습니다. 사람과 함께 사는 세상이 중요하기에 미리내 티켓으로 다른 사람에게 커피 한 잔 기부하는 미리내 가게 합정1호점, 사회복지공동모금회 사랑의 열매 '착한 가게', 아름다운 가게의 '놀라운 가게'를 함께 하고 있습니다. 이브로 인해 길고양이들과의 관계가 깊어졌고, 지난겨울에는 다음 스토리 펀딩 '길고양이 겨울나기 캠페인 통통보닛'을 기획·성공하여 앨범과 공연을 진행하였습니다. 지금은 찰카기 김하연 작가가 매월 진행하는 '찰카기의 썰'을 돕고 있으며, 고양이 관련 재미난 사업도 구상하고 있습니다.

박용준

고양이 여행을 꿈꾸는 여행·사진 작가입니다. 그간 여행 작가로 〈저스트 고 규슈〉·〈저스트고 나고야〉(시공사 펴냄), 〈ENJOY 홋카이도〉·〈ENJOY 오키나와〉(넥서스BOOKS 펴냄) 등을 작업했습니다. 이 외에 〈고양이와 느릿느릿 걸어요〉(예담 펴냄), 〈도쿄 아트 산책〉(시공사 펴냄) 등의 테마 여행 서적을 집필했습니다. 매년 해외 고양이 명소를 찾아가는 테마 여행(인터파크 먹고찍고)를 진행하고 있습니다.

endeva.tistory.com
www.facebook.com/likejp

이용한

10년은 여행가로 또 10년은 고양이 작가로 살았습니다. 고양이 에세이 〈어쩌지, 고양이라서 할 일이 너무 많은데〉(예담 펴냄), 〈인간은 바쁘니까 고양이가 알아서 할게〉(예담 펴냄), 〈여행하고 사랑하고 고양이하라〉(북폴리오 펴냄), 〈흐리고 가끔 고양이〉(북폴리오 펴냄), 〈나쁜 고양이는 없다〉(북폴리오 펴냄), 〈명랑하라 고양이〉(북폴리오 펴냄), 〈안녕 고양이는 고마웠어요〉(북폴리오 펴냄)가 있으며, 영화 〈고양이 춤〉 제작과 시나리오에 참여했습니다.

이정훈

12년째 주말마다 길고양이 사진을 찍고 있는 직장인 겸 사진사입니다. 2005년부터 취미로 길고양이를 사진기에 담았고 그사이 〈행복한 길고양이〉, 〈보드랍고 따뜻하고 나른한〉(북폴리오 펴냄)이라는 책도 냈습니다. 그동안 만났던 길고양이들의 가슴 아픈 모습을 제 몫으로 묻어두고, 사랑스럽고 행복한 길고양이를 독자들에게 보여드리고자 합니다. 고양이를 좋아하지 않는 독자도 '길고양이도 예쁘구나!'는 생각을 해주시길 기대해 봅니다.

DEAR CATS Vol. 01
2017년 7월 25일 초판 1쇄 발행

발행처   이로츠
지은이   강인규, 고경원, 김하연, 노진희, 노희정, 박용준, 신규철, 이용한, 이정훈
편집   노수정, 김정은
디자인   차귀령, 양진규
출판등록   2016년 3월 15일(제 2016-000023호)
주소   서울시 용산구 후암동 259-7 1F
문의   070-4179-1474, yrots100@gmail.com
ISBN   979-11-957768-1-8 03810